MACHTNIX

Satz: Edition Tau & Tau Type, 7202 Bad Sauerbrunn
Printed in Austria by Wiener Verlag, Himberg
ISBN 3-7017-0793-6

MACHTNIX
oder
Der Lauf, den die Welt nahm

Eine Bildergeschichte
von
BARBARA FRISCHMUTH

Residenz Verlag

Alles, was man denken kann, denkt selbst.

NOVALIS

Den Kindern, die die Welt
in diesem Zustand vorfinden.

WIE AUS MACHT NIX MACHTNIX WURDE UND SIE DER ZWEIFALTIGEN KRÖTE BEGEGNETE

Der Krieg war zu Kräften gekommen und mischte sich andauernd ein. Er kam überall hin und konnte jede beliebige Gestalt annehmen. Das Mädchen hatte er aus seinem Haus vertrieben, aus seiner Stadt und aus seinem Land. Er stank Tag und Nacht durch die Gegend. Gerade hatte er wieder einen großen Haufen hingesetzt, und als das Mädchen näher kam, waren es lauter tote Frösche.

»Sei kein Frosch«, rief der Bursche, dem das Mädchen schon im Lager begegnet war, »sonst muß ich dich auch aufspießen!«

Das Mädchen schob die Unterlippe vor. »Macht nix!«

Der Krieg zerplatzte beinah vor Wut, und der Bursche näherte sich mit seinem hölzernen Spieß. Damit schlug er dem Mädchen auf die Knie.

Da kam zufällig die zweifaltige Kröte angewatschelt und blies sich auf, daß ihre Giftdrüsen sich nur so beulten.

»Das ist ja gar kein Frosch!« Der Bursche erschrak und rannte mit seinem Spieß davon.

Da schaute die zweifaltige Kröte dem Mädchen unter den Rock und machte »Hm!« Dann schaute sie dem Mädchen ins Gesicht und fragte: »Woher kommst du?«

Das Mädchen antwortete nicht.

»Wer sind deine Eltern?«

Das Mädchen antwortete wieder nicht.

»Und wie heißt du?«

Das Mädchen antwortete noch immer nicht.

»Entschuldige, ich konnte ja nicht wissen, daß es so schlimm ist.«

»Macht nix!« sagte das Mädchen.
Dieser Satz war ein Zauberspruch. Er machte unverwundbar und stammte aus dem Lager, wie der Bursche, der die Frösche aufgespießt hatte.
»Irgendwie muß ich dich ja nennen.« Die zweifaltige Kröte blinzelte. »Die Menschen werden einander von Tag zu Tag ähnlicher, und ich möchte dich nicht verwechseln.«
»Macht nix!« wiederholte das Mädchen.
»Also gut, das hätten wir.« Die zweifaltige Kröte sah aus, als denke sie nach. »Ich will sehen, was sich mit diesem Namen anfangen läßt. Macht Macht mächtig oder macht Macht ohnmächtig? Wer weiß, was so ein Nix, ein Nixchen alles fertigbringt?!«
Die zweifaltige Kröte schaute Machtnix an, und Machtnix schaute die zweifaltige Kröte an, in deren Augen Goldstaub schwamm.
Außer dem, was es auf dem Leibe trug, war dem Mädchen nichts geblieben als eine Tube Klebstoff, die es aus dem Büro des Lagerleiters mitgenommen hatte.
»Ich will mich nicht erinnern«, sagte Machtnix in der Sprache, die ihr gerade einfiel. In ihrem Kopf waren keine Eltern, kein Haus und kein Name mehr.
»Eine ehrliche Antwort«, gab die Kröte zu, »und nun zu mir...«
»Herrlein oder Fräulein?« Machtnix bohrte mit ihrem Turnschuh ein Loch in den Weg, den sie gekommen war.
Die zweifaltige Kröte hob den Kopf. »In meinem Alter nimmt man es nicht mehr so genau. Einmal so und einmal so. Einerseits bin ich *Dem Krottok*, der Schöpfer...«
»Der Schöpfer?«
»Ich war an der Schöpfung der Welt beteiligt, wenn

du verstehst, was ich meine.« Die Kröte lächelte selbstgefällig.
Machtnix überlegte. »Bist du sicher, daß es nicht wegen deinem Maul ist? Es schaut einem Schöpfer ziemlich ähnlich.«
Die Kröte überging Machtnix' kränkenden Vergleich. »Und andererseits bin ich *Bufo-ma-bufo*, die Mutter aller Kröten. Aus meinen Laichschnüren sind nämlich alle anderen Lebewesen entstanden.«
»Aus deinen was?« Machtnix riß die Augen auf.
»Aus meinen ureigenen Laichschnüren, glaub es oder glaub es nicht!«
Machtnix schaute verdattert.
»Sehr gebildet scheinst du nicht zu sein. Aber wenn du ein wenig Geduld hast, zeige ich dir schon noch, wo das mit den Laichschnüren hinführt.«
Sie befanden sich an der Grenze und überlegten, wie sie am besten hinüberkämen. Der Krieg hatte alles zur Grenze gemacht, die Berge, die Wälder, die Flüsse, die Seen, und wenn es ihm gerade einfiel, konnte auch ein Feld die Grenze sein oder ein Dorf, ja sogar die Straße. Sie versuchten also, die Grenze hinter sich zu lassen, indem sie sich nicht um sie kümmerten. Sie hatten Glück. Auch die Grenze kümmerte sich nicht um sie. So gingen sie eine Weile schweigend nebeneinander her und ließen die Sonne auf sich herunterscheinen.
»Gehörst du zu einem Volk?« fragte die zweifaltige Kröte.
»Volk? Was soll das denn schon wieder sein?«
»Volk«, erwiderte die Kröte, »das sind die, die einem wie mir volken, wenn du verstehst, was ich meine. Darum sind sie mein Volk.«
Machtnix überlegte. »Ich dachte, es heißt folgen.«
Die Kröte schloß vor Genugtuung die Augen. »Wo-

mit bewiesen ist, daß du zu einem anderen Folg gehörst.«
Plötzlich setzte sich Machtnix.
»Hungrig?« Die zweifaltige Kröte schnappte sich einen Käfer vom nächsten Blatt und schluckte ihn ohne viel Federlesens.
Machtnix nickte, und da kein Butterbrot des Weges kam, holte sie die kleine Tube hervor, strich sich ein wenig von dem Klebstoff auf den Handrücken und schnüffelte daran.
»Was ist das für eine Unart?« fragte die Kröte, während sie nach dem nächsten Gabelbissen Ausschau hielt.
Machtnix zuckte mit den Achseln und verdrehte die Augen.
»Wenn du hungrig bist, dann iß!« sagte die Kröte im Befehlston. »Man ist, weil man ißt.«
Machtnix starrte alles mögliche an, aber es wurde nichts Eßbares daraus.
»Das kommt davon, weil ihr Menschen mit dem Kochen angefangen habt, glaub es oder glaub es nicht.« Die zweifaltige Kröte wischte sich ein Käferbein vom Saum ihres breiten Maules. »Und was ist dabei herausgekommen? Schmutzige Teller und sonst nichts.« Sie setzte sich in Bewegung. »Ich kenne da einen Baum, der dir vielleicht helfen kann.«
Als sie an dem Haufen toter Frösche vorbeikamen, blieb die Kröte stehen und schimpfte: »Diese Verschwendung!« Sie hob den Blick suchend zum Himmel auf. »Wann immer einer dieser klappernden Aasgeier vonnöten wäre, läßt sich kein Schwanz blicken. So ist das. Wir brauchen uns wirklich nichts einzubilden auf diese Welt.«
Sie gingen weiter, und als sie eine Weile gegangen waren, stellte sich ihnen ein Zaun in den Weg, ohne

viel gegen sie auszurichten. Machtnix betrachtete den Zaun aufmerksam – es handelte sich um einen Bretterzaun –, dann kletterte sie über die Balken, während die Kröte bequem unten durch ging.
Eigentlich zäunte der Zaun gar nichts ein, oder er lief um ein so großes Stück Land, daß man ihn nur auf dieser Seite sehen konnte.
Sie wanderten über eine Wiese, auf der das Schaumkraut wie ein Spitzentaschentuch lag. Büsche und Sträucher hatten ihre Blätter ganz entfaltet und setzten gerade grüne, noch sehr harte Beeren an, an denen Vögel vergebens die Schnäbel wetzten, während die Wegwarten an den Wegrändern freundlich dazu nickten. Grenze hin, Grenze her, die Kröte hatte ohnehin etwas gegen öffentliche Verkehrswege, vor allem gegen Asphaltstraßen. Manch eine ihrer Art hatte für den geraden Weg als Schatten ihrer selbst gebüßt. Also nahmen sie lieber alle möglichen Windungen und Wandungen in Kauf und gingen querfeldein, wo auch die Grenze nicht mehr den richtigen Biß hatte.
Plötzlich hielt die zweifaltige Kröte inne und deutete mit dem Kopf nach vorn. »Siehst du diesen Graben?«
Machtnix sah diesen Graben, aber es schien ihr nichts Besonderes an ihm zu sein, führten doch Treppen hinunter und auf der anderen Seite, wenn auch um ein Stück verschoben, wieder hinauf.
»Die Sache ist nämlich die, daß sich durch diesen Graben eine Schlange schlängelt. Und Schlangen lieben Kröten von alters her.« Die Kröte lachte so unbefangen, wie es nur gehen mochte. »Sie haben sie zum Picknicken gern, wenn du verstehst, was ich meine.«
»Verstehe.« Machtnix machte sich noch immer nicht die Mühe, ich zu sagen.

»Bei dir ist es etwas anderes. Dich beißt sie, aber nur, wenn du auf sie trittst.«
Die zweifaltige Kröte umklammerte Machtnix' Beine. »Nimm mich hoch!« Wahrscheinlich konnte sie die Schlange schon riechen. »Du mußt die Krot ja nicht schlucken! Es genügt, wenn du sie an die Brust nimmst ... ha, ha!« Sie verkutzte sich beinah an ihrem eigenen Witz.
Machtnix bückte sich, nahm die Kröte in beide Hände und setzte sie sich auf den Kopf. Da machte sie sich gut als verknautschter Hut, noch dazu konnte sie sagen, wohin es gehen sollte.
Die Schlange mußte längst Wind von der Sache bekommen haben, denn als Machtnix die Treppe hinunterstieg, kam sie schon angezischelt. Sie hatte eine Abneigung gegen Menschen, aber der Krötenduft zog sie unwiderstehlich an. Also ringelte sie sich neben Machtnix her, die sehr darauf achtete, nicht auf sie zu treten, und züngelte mit ihrer schnuppernden Zunge auf Teufel komm raus. Machtnix schwitzte, als sei die Kröte hundertmal so schwer, und ihre Knie wurden immer steifer.
»Was bist du für ein merkwürdiges Wesen?« Die Schlange nuschelte beim Sprechen. »Siehst aus wie ein Mensch und schmeckst nach Kröte. Erstaunlich, äußerst erstaunlich.« Die Schlange sprach auch noch mit einem S-Fehler.
Machtnix konnte die andere Treppe, die aus dem Graben wieder hinausführte, bereits sehen, was ihr wenig half, denn die Schlange legte es geradezu darauf an, von ihr getreten zu werden, so oft schlang sie sich unter ihren Beinen durch.
»Ich könnte dich ohne weiteres beißen!«
»Kannst du nicht«, widersprach Machtnix, was die Schlange dermaßen überraschte, daß sie über den

eigenen Schwanz stolperte und sich mit sich selber verknotete. Machtnix begann zu laufen, und als die Schlange wieder aus sich herausgefunden hatte, stieg Machtnix bereits die Treppe empor. Da hatte die Schlange das Nachsehen, sie war eine bekannt schlechte Stufensteigerin.

Oben angekommen, bückte sich Machtnix und ließ die Kröte, die »gewonnen, gewonnen!« schrie und gleich darauf bedächtig fragte: »Na, wie haben wir das wieder hingekriegt?« herunter. »Dazu noch die Aussicht von deinem Kopf. Ich bin begeistert.«

Aus der Wiese wurde mit der Zeit ein Obstgarten, in dem alles durcheinanderwuchs. Manche der Bäume waren kahl, andere verblühten gerade oder trugen erst ganz kleine, grüne Früchte, die wie unreife Stachelbeeren aussahen, an anderen hinwiederum hatte sich das Laub bereits verfärbt.

»Äpfel gibt es hier immer, glaub es oder glaub es nicht.«

Machtnix spürte, wie ihr Speichel troff. Sie schloß rasch den Mund und folgte der Kröte auf dem Fuß, und da sie diesmal weniger achtgab als bei der Schlange, trat sie ihr auf den Schwimmzeh. Die zweifaltige Kröte wurde im Augenblick doppelt so groß, und ihre Giftdrüsen dampften, aber dann besann sie sich und jammerte nur ein bißchen, während Machtnix zur Entschuldigung schwieg und nicht einmal »macht nix!« sagte.

Die Kröte überschlug sich beinahe, so plötzlich war sie stehen geblieben. In Machtnix' Nase kroch Apfelduft, wenn auch gemischt mit etwas Ekligem. Diesmal stank der Krieg aus einem anderen Loch, und Machtnix, die der Nase nachgegangen war, stieß mit dem Kopf gegen die durchlöcherten Stiefel eines Mannes, der vom stärksten Ast des Apfelbau-

mes hing. Sie sprang auf die Seite und starrte mit Augen wie Serviettenringe auf den sich an seinem Strick drehenden Toten. Und obwohl sie sich an nichts erinnern wollte, schon gar nicht an die Uniform, in der die Leiche steckte, kam mit der Spucke das Wort aus ihrem Mund. »Volkskrieger!«
Die zweifaltige Kröte sperrte das Maul auf, hüpfte näher heran und schimpfte lauthals: »So etwas muß einem erst einfallen, sich gegenseitig in die Bäume zu hängen!«
Machtnix schluckte ihre Spucke. »Vielleicht hat er es selbst getan.«
»Selbst?« Die Kröte hatte schon wieder das Maul aufgerissen, wobei sie sich vor Grausen schüttelte. »Man kann mir alles mögliche vorwerfen, nicht aber, daß ich es nicht vorhergesehen habe. Es war nicht vorherzusehen. Sich selbst in einen Baum zu hängen ...« jammerte sie. »Ohne Rücksicht auf die Folgen. Ich hatte mir schließlich etwas gedacht dabei, als ich die Lurche aus dem Urschlamm holte.«
»Und was?« fragte Machtnix.
Die zweifaltige Kröte schien es vergessen zu haben. Sie versuchte erst gar nicht zu antworten, sondern blieb bei ihrer Jeremiade. Und sie hatte recht. Der Gestank hatte alle Äpfel verdorben.
»Alles hat Folgen, und daraus folgt, daß in der Folge alles verfault.«
Sie machten sich wieder auf den Weg, und die Kröte behauptete, es gebe noch einen dieser Apfelbäume, die immer Äpfel tragen.
Machtnix holte die kleine Tube aus ihrer Rocktasche und schmierte sich ein wenig Klebstoff auf den Handrücken, um den Gestank zu übertönen. Die Kröte beobachtete sie dabei und bat dann, ihr ein klein wenig abzugeben. Sie war neugierig, ob es

helfen würde. Machtnix hielt ihr die offene Tube unter die Nase, und gleich darauf fiel die Kröte um. Und das war das erste Mal, daß Machtnix lachte. Niemand sah, niemand hörte es.

Als die Kröte wieder zu sich kam, richtete sie sich auf, als sei nichts geschehen, und hüpfte los, obgleich sie noch taumelte. Da setzte Machtnix sie sich wieder auf den Kopf, bis sie zum nächsten Apfelbaum kamen.

Diesmal war es der reine Apfelduft. Die Äpfel prangten handtellergroß und hatten je eine gelbe und eine rote Backe. Da gab es für Machtnix kein Halten mehr, und sie griff gehörig in die Äste. Der Hunger ließ sie den ersten Apfel mit einem einzigen Biß in zwei Hälften spalten.

»Möchtest du?« Sie hielt die eine Hälfte der Kröte, die noch immer auf ihrem Kopf saß, unter die Nase, aber die wehrte heftig ab. »O nein, danke!« rief sie mehrmals. »Ich weiß zwar nicht mehr genau, wie die Geschichte ausgeht, aber irgend etwas ist auch an diesen Äpfeln faul.« Und dann fügte sie noch hinzu: »Auch Äpfel können einem schwer im Magen liegen.«

»Macht nix!« sagte Machtnix und schlug sich den Bauch so voll, wie er sich nur vollschlagen ließ. Und als sie sich schließlich mit beiden Händen draufschlug, spannte er sich wie eine Trommel vor ihrem Leib, die einen dumpfen Ton von sich gab. Daraufhin legte sie sich ins Gras und schloß die Augen, während die Kröte sich unter einem der Steine ein paar Schnecken hervorfingerte.

Mit den Äpfeln hatte es tatsächlich eine Bewandtnis, sie machten merkwürdige Träume. Mit einemmal sah Machtnix eine Gasse, die zwischen semmelgelben Häusern mit grünen Jalousien hindurchführte, die wiederum von schmiedeeisernen, mit Geißblatt überwachsenen Zäunen von ihr getrennt waren. Und je länger sie die Gasse entlangspazierte, desto lieber war ihr alles, so lieb, daß sie sogar die Stimme des bellenden Hündchens wiederzuerkennen glaubte. Sie schrie und riß die Augen ganz weit auf, bis die Gasse und das Hündchen wieder verschwunden waren.

Die zweifaltige Kröte schaute ihr besorgt ins Gesicht. »Wer sagt es denn?! Alles hat Folgen, wenn du verstehst, was ich meine.« Sie kratzte sich an den Giftdrüsen. »Ich hatte eine lurchgerechte Welt im Sinn. Ich und die meinen, eine geglückte Schöpfung, da kannst du sagen, was du willst. Und was waren die Folgen? Vor allem dein Folg …« Die Augen der Kröte schwammen im Goldstaub und ertranken fast darin. »Erdkröte, Geburtshelferkröte, Wechselkröte, von den verschiedenen Fröschen gar nicht zu reden. Ich habe mir etwas einfallen lassen für diese Welt.« Die Stimme der Kröte bebte einerseits vor verletztem Schöpferstolz. »Und doch ist letztlich nichts als der Mensch dabei herausgekommen. Man hat nichts dagegen tun können«, quäkte sie und fuhr sich über den Bauch. »Aus diesen meinen Laichschnüren. Glaub es oder glaub es nicht. Aus diesen meinen ureigenen Laichschnüren.

Ich hatte zu viel darin angelegt, wenn du verstehst, was ich meine. Der Mensch ist die übertriebenste Spielart meiner Anlagen. Da wendet sich selbst ein Schöpfer mit Flausen.«

Machtnix starrte noch immer mit weitaufgerissenen Augen vor sich hin, und die zweifaltige Kröte verfiel in einen anderen Ton.

»Entschuldige, das war nicht persönlich gemeint. Einige meiner besten Freunde waren Menschen. Aber

du siehst ja selbst, was alles geschieht auf dieser Welt.«
»Ich will mich aber nicht erinnern«, stöhnte Machtnix und drückte sich wieder einen Tropfen Klebstoff auf den Handrücken.
»Bitte, mir auch!« Die Kröte hielt ihren Daumen hin und Machtnix wischte mit der Tube darüber, bevor sie sie wieder verschloß.
Diesmal blieb die Kröte aufrecht sitzen, und Machtnix lachte auch nicht.

DER KRIEG SETZT WEITERE HAUFEN

Machtnix hatte sich die Taschen mit Äpfeln vollgestopft, denn der Hunger war zudringlicher als eine Laus, und wenn gar nichts anderes aufzutreiben war, würde sie eben ein wenig Erinnerung in Kauf nehmen müssen. Sie und die Kröte hatten die Nacht in einem alten Heuhaufen zugebracht, nicht weit von einem blinden Huhn, das eigentlich ein kriegsblindes Huhn war, obwohl es den Krieg nie gesehen hatte. Es hatte die Augen geschlossen, als die Granate explodierte, die ihm die Sicht raubte.
Anstelle eines Apfelfrühstücks hatte Machtnix dem Huhn das noch warme Ei weggenommen, das dieses gerade gelegt hatte. Warum mußte es auch so ein Geschrei darum machen?! Sie schlug mit dem Zahn ein Loch in die Schale und trank es, während das Huhn, das gar nicht so dumm war, »Wohl bekomm's!« sagte. Dann grub es eine Mulde in den trockenen Sand der Heidelandschaft und badete darin.

»Bist du am Ende gar nicht blind?« Machtnix war mißtrauisch geworden.
Das Huhn hielt seine ausgelaufenen Augenhöhlen gegen die aufgehende Sonne, die gerade einen der entfernten Kalkgipfel streifte. »Ich konnte dich schlürfen hören.« Es fuhr mit dem Schnabel, nach Freßbarem suchend, über den Boden, an dem sich stellenweise kleine Mooshügel gebildet hatten, wobei es sich ganz auf seinen Spürsinn verließ.
»Alles, was ich dir dafür geben könnte, ist ein Apfel, bei dem du dich erinnern mußt«, sagte Machtnix ein wenig schuldbewußt. Das Huhn schüttelte sich, bis sein Gefieder strahlend weiß geworden war. »Laß nur, ich kann Eier ohnehin nicht ausstehen, wenn du mich fragst.«
»Und warum nicht?« Eigentlich wollte Machtnix es gar nicht wissen, aber da ihr die Frage nun einmal herausgerutscht war, blieb ihr nichts anderes übrig, als die Antwort abzuwarten.
»Dieser ewige Streit, seit man die Zeit erfunden hat…«
»Wie?« Machtnix interessierte sich nun doch ein bißchen.
»Nun, wer zuerst da war.« Das Huhn bewegte sich tatsächlich wie ein blindes Huhn, langsam, tastend, aber es kam vom Fleck. »Es hat in dieser Sache sogar Kriege gegeben.«
Jetzt hielt die zweifaltige Kröte es nicht mehr aus. »Was für eine Frage?! Wo doch beides gleichzeitig in meinem Plan vorhanden war. Ich gebe zu, das mit der Zeit war keine besonders gute Idee, und eigentlich gehört sie zu den Folgen, die alles hat. Wenn ich nämlich von Anfang an gewußt hätte … aber was soll's, zu spät.«
»Ist das das Wesen, das sich einbildet, die Welt er-

schaffen zu haben?« flüsterte das blinde Huhn. »Ich habe schon von ihm gehört. Muß ziemlich anstrengend sein, mit ihm zu wandern.« Das Huhn hatte einen Wurm erwischt und versuchte, ihn ein wenig emporzuschleudern, damit er ihm in den Schnabel fiele, ohne sich weiter um ihn herumzuwinden oder zu beiden Seiten herabzuhängen. Es tat das gelassen und hatte auch bald Erfolg, ohne den Wurm je erblickt zu haben.

Machtnix und die Kröte wurden ein bißchen schneller, während das blinde Huhn zurückblieb. »Gib mir die Schalen wieder. Ich brauche den Kalk für das nächste Ei.«

»Ich dachte, du kannst Eier nicht ausstehen?« Die Kröte schüttelte verständnislos den Kopf.

»Aber ja. Darum bin ich auch so froh, wenn ich wieder eines rausgedrückt habe.«

Machtnix brachte dem Huhn die leeren Schalen, und sie und die Kröte gingen weiter ihres Weges.

»Ich hätte es nicht einmal zu einem Schnabel kommen lassen dürfen. Genaugenommen kann auch schon ein Schnabel als Waffe dienen. Und beim Fressen ist er nur hinderlich. Hast du gesehen, wie umständlich es sich den Wurm reingezogen hat? Da lachen ja die Frösche.« Und die zweifaltige Kröte holte sich mit einem eleganten Zungenschlag ihr Zusatzhäppchen in Form einer noch morgensteifen Libelle aus der Luft, ohne dabei auch nur den Kopf zu drehen. »Wenn du verstehst, was ich meine.«

Es war ein herrlicher Tag, mit einem alles überstrahlenden, einäugigen Himmelsangesicht, das sich nur im Westen ein winziges Wolkenbärtchen stehen ließ, und die Wiesen atmeten auf in dem zahmen Wind, der den Blüten die Kelchblätter strählte. Der Wald im Hintergrund schwang leise mit und ließ die

Häher aus purem Mutwillen kreischen. Der Bach, an dem Machtnix und die Kröte entlanggingen, leckte keck an der Uferböschung, umkreiste gurgelnd einen bemoosten Stein und knabberte an den Wurzeln einer Trauerweide, die die Wasserratten bloßgelegt hatten, gleich darauf gebärdete er sich wie ein Wasserfall und sprang eine Stufe hinunter.

Es hätte eine bemerkenswert friedliche und angenehme Wanderung werden können, wären nicht schon aus der nächsten Talsenke furchtbarer Lärm und sengender Brandgeruch aufgestiegen. Machtnix und die zweifaltige Kröte verließen den Weg, schlugen sich über die abgemähten Wiesen zum Wald hin durch und kletterten schließlich auf einen kleinen Felsvorsprung, von dem aus sie sehen konnten, was sich unten zutrug.

Volkskrieger und Landeskrieger waren aufeinandergestoßen, und da keiner dem anderen traute und keiner die Sprache des anderen verstehen wollte und keiner bereit war, sich zurückzuziehen, hatten sie ein wüstes, ohrenbetäubendes Palaver angefangen, und während sie noch aufeinander einplärrten, schossen sie bereits und warfen Handgranaten durch die Luft, als wären es Handbälle, und wer dumm genug war, eine davon zu fangen, explodierte mit ihr.

»Aus meinen Laichschnüren, aus meinen ureigenen Laichschnüren …« jammerte die zweifaltige Kröte angewidert vor sich hin. »Sieh sie dir an, sie werden sich gegenseitig ausrotten.«

Machtnix hielt sich die Augen zu.

»Hörst du?« Die Kröte klang ziemlich aufgeregt.

»Hörst du sie rufen?« Machtnix schüttelte den Kopf. Wie sollte man bei dem Krach auch nur ein einziges Wort verstehen.

»Sie rufen nach dem großen Garscht.« Die Kröte lauschte wieder eine Weile, dann wandte sie sich Machtnix zu. »Das war einmal einer meiner vielen Namen.«
»Garscht?« Der Name klang ziemlich häßlich, und Machtnix hatte ihn noch nie gehört, oder sie erinnerte sich nicht daran.
Die zweifaltige Kröte fuchtelte ergriffen mit den Armen. »Sie verstehen nicht, daß es immer um ein und dasselbe geht. Bloß die Namen sind verschieden. Und dafür bringen sie einander auch noch um. Dabei ging es von Anfang an immer nur um das eine...«
Die Kröte hüpfte verzweifelt davon. Machtnix schaute ihr verständnislos nach. »Um das eine? Du meinst um dich?«
Und dann tauchte die Kröte plötzlich in einiger Entfernung wieder auf und wurde größer und größer, so groß, daß sie beinah die Sonne verfinsterte. Ihre Giftdrüsen waren angeschwollen, bis sie aussahen wie Raketen, und ihre Augen sprühten Feuer, während sie sich knirschend und dröhnend auf Machtnix zubewegte. Machtnix konnte gerade noch zur Seite springen, während die Riesenkröte sich weiterwälzte und aus ihrem Maul ein Krachen fuhr, als knacke sie Eisen und spucke es in hohem Bogen von sich. Vor Schreck verlor Machtnix das Bewußtsein.
Als sie wieder zu sich kam, hörte sie ein klägliches Stimmchen an ihrem Ohr. »April! April!« Es war die zweifaltige Kröte, die sich auf geradezu mitleiderregende Weise wichtig machte. Und als sie merkte, daß Machtnix die Augen aufschlug, hüpfte sie um sie herum und rief: «Der große Garscht hat wieder zugeschlagen, da staunst du, was?«

Aber Machtnix kannte den Krieg schon zu gut, um sich täuschen zu lassen. Und die Kröte fügte kleinlaut hinzu: »Sie schrecken vor nichts zurück, nicht einmal vor meiner Gestalt.« Im Wald blieb eine tiefe Schneise voller zerbrochener Äste und geknickter Bäume zurück, und die Luft war erfüllt von Benzingestank, der sich nur langsam verflüchtigte.

»Es geht ihnen nur um das eine, alles kaputtzumachen.« Die Kröte besah sich die Bescherung. »Zuerst brechen sie auf, um irgendwohin zu kommen, und wenn sie da sind, brechen sie alles auf, um dahinterzukommen, was in ihnen steckt. Es steckt also in ihnen, alles kaputtzumachen.«

DIE ENTSTEHUNG DER WELT

Machtnix war von dem Schrecken, den ihr der große Garscht eingejagt hatte, so durstig geworden, daß sie zum Bach hinunterlief, um sich vollrinnen zu lassen. Sie hoffte, keinem Volks- und keinem Landeskrieger mehr zu begegnen, aber die hatten sich mittlerweile wohl schon gegenseitig umgebracht.

»Warte!« rief die Kröte ihr hinterher. »So warte doch!« Aber Machtnix hörte nicht, und als sie am Bach unten angelangt war, legte sie sich an sein Ufer und trank und trank und trank. Und während sie trank, konnte sie sehen, wie der Wasserspiegel sank und die Höhleneingänge verschiedener Uferbewohner zum Vorschein kamen. Aber sie konnte nicht aufhören zu trinken. Ihr Bauch schwoll an, und ihre Arme und Beine stiegen immer höher, bis sie waagrecht in die Luft standen, und als sie mit dem Mund

den Bach nicht mehr erreichen konnte, griff sie sich einen hohlen Wiesenkrautstengel und verwendete ihn als Trinkhalm. Mittlerweile kam auch die zweifaltige Kröte angewatschelt und meinte, als sie das Unglück sah: »Du wirst platzen, wenn du nicht aufhörst zu schmatzen.«
Machtnix zuckte nur mit den Achseln. »Ich kann aber nicht aufhören!« Und da sie tatsächlich nicht aufhören konnte, blubberten nur ein paar Töne aus dem unteren Teil des Trinkhalms.
Da sprang die zweifaltige Kröte ins Wasser, genau vor Machtnix hin, und verschloß mit ihrem Hintern das Trinkrohr. Das war selbst dem Durst von Machtnix zuviel. Er verschwand so rasch, wie er gekommen war, und ließ sie als Kugel zurück.
»Was soll ich jetzt tun?« Machtnix hatte den Trinkhalm fallen lassen. »Ich kann mich nicht rühren und aufstehen schon gar nicht.« Und ihre Arme kreisten hilflos in der Luft.
Die Kröte betrachtete sie ungerührt, und das Gold in ihren Augen wurde immer grünstichiger. »Spuck es aus!«
Machtnix schüttelte den Kopf, der genauso freischwebend wie der einer Spielzeugschildkröte war, spuckte aber dann doch, vielleicht gerade weil ihr Kopf so freischwebend wie der einer Spielzeugschildkröte war. Und schon begann das Wasser aus ihr herauszulaufen und lief und lief und lief und stieg im Bach, so daß die Höhleneingänge der verschiedenen Uferbewohner wieder geschützt waren.
Die zweifaltige Kröte ließ ein tiefes, befriedigtes »Unk!« hören, und Machtnix war dermaßen durchgespült, daß sie sich nun, da sie wieder beweglich war, bloß ein wenig aufrichtete, um sich mit dem Rücken gegen einen Baumstamm zu lehnen.

Es war Mittag, und die Sonne durchbrach an einigen Stellen das Blätterdach, zog ein paar goldene Streifen durchs Weidengrün und ließ die eine oder andere Stromschnelle aufblinken, während über allem anderen das zarte Gewicht des Schattens lag, das den letzten Rest von Kühle beschirmte.
Gedankenverloren griff Machtnix nach einem der Äpfel und biß hinein. Der große Durst hatte sie hungrig gemacht. Die Kröte hielt sich mit den Armen an einem Stück Wurzel fest, und ihr Körper trieb im fließenden Wasser. Ihre Augen waren von Tränen ertränkt, und sie begann zu erzählen, ohne daß Machtnix sie darum gebeten hätte.
»Glaub es oder glaub es nicht, aber am Anfang war die Gier oder sagen wir besser die Neugier.« Ihre Worte stiegen aus dem Wasser, wie die ersten Lebewesen, die die Lust überkommen hatte, an Land zu gehen.
»Das dicke Unk war möglich geworden, und in sich trug es ein einziges Samenkorn. Kaum hatte die Neugier Wind davon bekommen, tanzte sie auch schon an und wollte das Samenkorn sehen. Also spuckte das dicke Unk sein Körnchen aus, und als es bemerkte, wie gierig die Neugier danach schnappte, mußte es zum ersten Mal seit seinem Zustandekommen lachen. So erfand es die Verdauung. Es lachte, lachte und lachte, und dabei entleerte es sich mit solcher Lust, daß die Erde und alles Wasser entstand. Das Samenkorn aber hatte in der Neugier sofort zu keimen begonnen, und die ersten Einzeller ergriffen Besitz von der Erde.
Das dicke Unk bekam bald genug von der Welt und beschloß, sich in einen weit entfernten Winkel des Alls zurückzuziehen. Zuvor aber rang es seiner Erschöpfung noch ein Wesen nach seinem Bilde ab.«

Die zweifaltige Kröte riskierte einen selbstgefälligen Blick auf ihr Spiegelbild im Wasser. »Da es sich aber in all den stürmischen Wogen nicht gut erkennen konnte, fiel der erste Versuch ziemlich ungehobelt aus. ›Pfui Garscht!‹ sagte das dicke Unk, als es sein Werk betrachtete. Da aber das erste Wort die meiste Kraft besaß, gab es den großen Garscht, übermächtig und unwiderruflich. Als nun das dicke Unk erkannte, was es angerichtet hatte, seufzte es und rief sich selber zum Trost ›ach Gottchen!‹. Da hat unsere Stunde geschlagen.« Die zweifaltige Kröte schwoll ein wenig an und hob die Nasenlöcher. Da aber niemand Beifall klatschte oder sich vor Verehrung zu Boden warf, fuhr sie fort. »Das dicke Unk beauftragte uns sogleich damit, in der Welt nach dem Rechten zu sehen, da dem Samenkorn keinerlei Vernunft innewohnte und auf die Neugier ohnehin kein Verlaß war. Und neugierlos verschwand es wieder.

Mittlerweile lugten bereits aus den kleinsten Pfützen Lebewesen hervor, die einander fortwährend ausspien und wieder verschlangen, und wir hatten eine Menge zu tun, all die Monster unter Kontrolle zu halten. Vergebens. Die Neugier liebte die Übertreibung. Und kaum war ein Fehler gemacht, schon vervielfältigte er sich in enormer Geschwindigkeit, und man konnte ihm überall begegnen. Der Schritt an Land zum Beispiel. Ich glaube, wir hätten ihn uns sparen können.

Nach seinem Ebenbild, nicht zu vergessen«, erinnerte die Kröte sich. »Darum haben wir auch die vollkommene Gestalt, geschaffen, um zu Wasser und auch auf dem Lande zu leben, am Schnittpunkt zweier groß angelegter Entstehungsgeschichten. Dazu kommt, daß wir als erste Laut gegeben haben,

was nichts weniger bedeutet, als daß wir die Sprache …«
»Was du nicht sagst.« Machtnix hätte sicher ein paar Bemerkungen dazu gemacht, aber sie hatte zu viel von dem Apfel abgebissen und befand sich in einem anderen Teil der Welt, während ihre Augen starr auf die zweifaltige Kröte gerichtet blieben. Da saß ein alter Mann in einem Vorgarten, umgeben von lauter Kohlköpfen, unterm Arm das bellende Hündchen, auf den Knien die Rätselzeitung. »Sucht«, sagte der alte Mann, dessen Name Machtnix auf der Zunge lag. »Sucht, ihr Siechen, sucht. Sucht! Denn am Anfang war … mit vier Buchstaben.«
Das Hündchen bellte und wedelte gleichzeitig, während der alte Mann mit einem Zimmermannsstift die Buchstaben in die Kästchen malte.
»O!« rief Machtnix ganz laut und biß sich dabei auf die Zunge. Der alte Mann winkte ihr mit dem dicken langen Stift und schaute sie traurig an. »Du kriegst etwas, wenn du die Listen führst. Schau dir die schwachen Köpfe an.« Und er deutete auf all den Kohl, der sich nur mangelhaft in die Kopfform wölbte.
»Was hast du?« wollte Machtnix fragen, aber da sie sich zuvor auf die Zunge gebissen hatte, klang es eher wie »was haßt du?«
Der alte Mann schüttelte den Kopf und machte eine umfassende Bewegung mit dem Arm, unter dem das Hündchen hervorsprang, und das konnte den Garten, das Haus, die Stadt bedeuten, aber auch das große Feuer, das sich im Hintergrund immer mehr ausbreitete. Machtnix hielt sich zuerst die Augen und dann die Ohren zu, und die Kröte senkte beleidigt den Kopf. »Es schadet dir keineswegs, etwas über die Entstehung der Welt zu erfahren.«

Und mit dem ganzen Gewicht ihrer Weisheit setzte sie hinzu: »Unwissenheit schützt nämlich vor gar nichts.«

DIE BESCHAFFUNG VON BROT

Es war später Nachmittag geworden, und die zweifaltige Kröte kam aus dem Bach geklettert. Das Wasser lief in braungoldenen Strähnen von ihr ab, als der erste Sonnenstrahl ihre Warzen streifte. Machtnix war aus ihrer Starre erwacht und richtete sich auf. Sie fühlte sich noch immer schwach. Der Hunger polterte durch ihren Bauch und bohrte Löcher in die Eingeweide, aber sie wollte keinen von den Äpfeln mehr essen, auch wenn sie sie immer wieder gierig betastete.
»Komm«, rief die Kröte, die schon oben auf der Böschung stand, »wir müssen weiter.« Sie fanden zum Weg zurück, auf dem sie am Morgen gekommen waren, und zogen in gebührender Entfernung von der Straße dahin. Das Schießen hatte längst aufgehört, die Luft lag leicht und glänzend über dem Land, und die Haut der Kröte schimmerte feucht in der immer noch kräftigen Sonne.
Als sie in die Nähe des Feldes kamen, auf dem sie die Volkskrieger und die Landeskrieger gegeneinander hatten kämpfen sehen, verließen sie ihren Weg, und als sie sich nahe genug an den Haufen zurückgebliebener toter Männer herangemacht hatten, die in ihren grünlichen Tarnanzügen den toten Fröschen ähnelten, stieg eine Wolke feister schwarzer Fliegen auf, nach denen die Kröte selbstvergessen

schnappte. Auch ein gewaltiger Gestank stieg empor, und Machtnix glaubte schon, ihr würde schlecht.
»Kommt nicht in Frage«, bemerkte die Kröte. »So nahe am Ziel darf man sich nicht gehenlassen. Was habe ich dir über Verschwendung gesagt? Sieh nach, ob sie etwas zu essen dabei haben!«
Machtnix wandte sich mit vor Ekel zitternden Lippen ab, aber die Kröte ließ nicht locker. »Du mußt in ihren Tornistern nachsehen. Sie haben immer etwas dabei. Verpflegung nennt man das.« Und sie umfaßte Machtnix' Bein und gab ihm einen kleinen, aber spürbaren Stoß.
Als Machtnix dann doch einen Blick auf die toten Männer warf, war ihr trotz allen Grausens, als schaute aus einem der Tornister ein Stück Brot hervor. Ein längliches, knusprig gebackenes, weizenfarbenes Stück Brot. Und je länger sie das Brot anstarrte, desto näher schien es zu rücken, so als sehne es sich förmlich danach, von Machtnix gegessen zu werden.
»Willst du warten, bis es hart ist?« Die Kröte wurde ungeduldig. »Beeil dich! Es werden andere Männer kommen, um diese hier zu begraben, und sie werden alles, was übrig ist, selber essen.«
Machtnix sah das Brot wieder ein Stückchen näherkommen. Sie hob das Bein, doch in diesem Augenblick schien ihr, als bewege sich die Hand des vor dem Brot liegenden Kriegers und wolle ihr unter den Rock fassen. Wie gesengt schrie Machtnix, mit dem einen Bein noch immer in der Luft: »Er grapscht nach mir!«
Aber da war die Kröte bereits zum Tornister gehüpft. »Niemand grapscht nach niemandem, weil es niemanden mehr gibt. Alles mausetot.«

Machtnix machte einen Schritt auf den Tornister zu und blieb wieder stehen.
»Frisch geschnappt, ist zur Hälfte eingesackt!« Die zweifaltige Kröte machte sich gern einen Reim auf die Dinge. »Rasch, rasch, die anderen sind bereits unterwegs.« Sie neigte den Kopf zur Erde, um besser hören zu können. »Die Erde dröhnt wie eine Rinderherde, wenn du verstehst, was ich meine.«
Auch Machtnix konnte in der Ferne Motorenlärm hören. Da gab sie sich selber einen Stoß und tat einen Schritt und noch einen, bis sie über dem Tornister mit dem hervorlugenden Brot stand.
»Wozu glaubst du wohl, daß du deine Hände hast?« Die Kröte klang ziemlich gereizt. »Um sie in den Wind zu hängen?«
Machtnix war gerade dabei, sich zu bücken, hielt jedoch wieder inne.
»Wenn ich mir solche Hände hätte wachsen lassen, was glaubst du, würde ich damit tun? Sie gebrauchen natürlich.« Die Kröte hob ihr rechtes Vorderbein und schüttelte es, um zu zeigen, wie wenig es die Dienste einer Hand verrichten konnte. »Jetzt schnapp dir endlich den Sack da, und dann nichts wie weg!«
Der Motorenlärm wurde immer lauter und bewegte sich unmißverständlich in ihre Richtung. Machtnix bückte sich tatsächlich, wenn auch mit weichen Knien, griff nach den Gurten und riß den Tornister an sich, wobei das außen angehängte Eßgeschirr derart blechern klapperte, daß sie ihn gleich wieder fallen ließ.
»In Deckung!« Die zweifaltige Kröte hüpfte voraus in die Fluchtrichtung. Machtnix verbiß sich den Schrecken – der Anblick des blonden Brotes war unwiderstehlich geworden – und hob den Tornister

wieder auf, wobei sie ihn in beide Arme nahm und mit den Händen das Blechgeschirr entklapperte.
Die zweifaltige Kröte hielt auf den kleinen Felsvorsprung zu, auf den sie an diesem Tag schon einmal geklettert waren, aber so weit kamen sie diesmal gar nicht. Nachdem sie sich gut genug hinter ein paar alten Bäumen, die auch ein großer Garscht nicht so ohne weiteres hätte umwerfen können, versteckt hatten, hielten sie inne, um zu verschnaufen. Von ihrem Versteck aus konnten sie die Lastwagen sehen, die gekommen waren, um die toten Männer einzusammeln. Die Kröte bemerkte mit erstaunlichem Scharfblick, wie die restlichen Tornister vorne im Fahrerhäuschen verschwanden. »Dort wäre dieser hier auch gelandet, glaub es oder glaub es nicht.« Dann überwältigte sie die Neugier. »Mach doch den Schnappsack schon auf!«
Machtnix zog die Lasche hoch, knüpfte das Band auf und stülpte den Tornister um. Das erste, was herausfiel, war eine Maus, dann kam das Brot, ein erstaunlich großes Brot, danach kollerten noch ein paar Konservendosen, eine Tafel Schokolade und zwei Päckchen Zigaretten mit angeklebten Streichhölzern daraus hervor.
Die Maus lag noch immer auf dem Rücken, so wie sie aus dem Tornister gefallen war. Machtnix hielt sie für genauso mausetot wie die Volks- und die Landeskrieger und wollte sie gerade mit dem Fuß beiseite schieben, als die Maus die Augen aufschlug und »Wer bin ich?« fragte, wobei ihre Schnurrbarthaare heftig zitterten.
»Eine gute Frage«, gab die zweifaltige Kröte zu. »Wer möchtest du denn sein?«
Die Maus, die anscheinend aus einer längeren Ohnmacht erwacht war, spielte gekonnt mit den Ohren,

ein untrügliches Zeichen dafür, daß sie nachdachte, und meinte dann ohne Umschweife: »Wenn ich ehrlich sein soll, eine Maus!«

Die Kröte war endgültig zu der Überzeugung gekommen, daß die Maus zu groß war, um gefressen zu werden, und so betrug sie sich mustergültig. »Ich kann dich beruhigen«, sagte sie, »du hast gut gewählt.«

»Und ihr? Wer würdet ihr gerne sein?« Die Ohren der Maus bewegten sich, als wären es Antennen.

Die Kröte hätte gerne beruhigend gewirkt. »Freunde, einfach Freunde!«

Beim Wort Freunde war die Maus mit einem einzigen Satz aus der Rückenlage auf ihre vier Pfoten gesprungen und blickte mit zitterndem Schnäuzchen und rollenden Äuglein verschreckt umher.

»Wenn ich Freunde sage«, salbaderte die zweifaltige Kröte, »dann meine ich es in dem alten Sinn von friß nicht, was dir im Magen liegen bleibt, wenn du verstehst, was ich meine.«

Die Maus nickte schüchtern zum Zeichen, daß sie verstanden hatte, und da tatsächlich niemand Anstalten machte, sie zu fressen, erklärte sie nach einer Weile: »Wenn du wüßtest, wer sich heutzutage alles Freund nennt!« Es folgte ein Seufzer, der die ganze Maus in einen einzigen Lufthauch aufzulösen drohte. Doch obwohl es für einen Augenblick so ausgesehen hatte, verdunstete sie nicht, sondern blieb als die kleine graue Maus, die sie war, vorhanden. Nur ihre Schnurrbarthaare hörten nicht auf zu zittern, so als hätte sie einen Tick.

Machtnix hatte sich inzwischen über das Brot hergemacht. Sie brach ganz kleine Stücke davon ab, um herauszufinden, was es mit dem Brot für eine Bewandtnis hatte, ob es vielleicht eine ähnlich unangenehme Nebenwirkung wie die Äpfel hätte, aber als nichts dergleichen sich ereignete, wurden die Stücke, die sie abriß, immer größer, und sie kaute und kaute mit einer Lust, die sich mehr und mehr ausdehnte, als gäbe es nichts anderes auf dieser Welt als Machtnix und das erstaunlich große Brot.

»Ein herrliches Brot!« Die Maus fraß sorgfältig jeden Krümel auf, der zu Boden fiel. »Ich habe schon davon gekostet, als es ganz frisch war.« Sie knusperte ein wenig. »Ich war nämlich von Anfang an mit dabei. Erst lag ich in Ohnmacht während des langen Marsches, um mich nicht zu verraten, doch als der große Krach begann, konnte ich mich in aller Ruhe an das herrliche Brot machen. Es schmeckte wunderbar.« Die Maus verdrehte die Augen, dennoch entging ihr keine Krume. Dann fragte sie, noch immer ein wenig ängstlich, indem sie mit dem Schnäuzchen auf Machtnix deutete: »Riecht wie ein Mensch, was?«

»Na und?« Die zweifaltige Kröte wandte den Kopf. »Es gibt ganz annehmbare Gestalten unter ihnen, wenn du verstehst, was ich meine.«

Die Maus beäugte Machtnix aufmerksam, während sie ununterbrochen weiterknabberte.

»Ist übrigens noch ein Kind«, erklärte die Kröte und zeigte sogar mit dem Finger. »Der große Garscht hat es von dort vertrieben, wo es einmal zu Hause war.« Sie faßte die Maus scharf ins Auge, ob sie bei der Erwähnung des großen Garscht auch den nötigen Respekt zeige. Aber der Maus war nichts anzusehen.

»Ich sagte: der große Garscht«, versuchte die Kröte es noch einmal.

Die Maus hob den Kopf. »Der große Garscht? Nie gehört.«

Die Kröte funkelte sie aus blutunterlaufenen Augen

an. »Der Vater aller Dinge. Das, was nie wirklich zum Stillstand kommt.«
Die Maus schüttelte unbekümmert den Kopf. »Unsereins ist zu klein für derartige Monstrositäten.«
»Stellst du dich nur so dumm oder bist du es wirklich?« herrschte die Kröte sie unvermutet an, und ihre Giftdrüsen schwollen ein wenig. Die Maus vollführte einen Luftsprung. »Du darfst mich nicht so erschrecken, sonst komme ich auf der Stelle nieder, und es ist noch ein paar Minuten zu früh.«
»Auch das noch?! Ich hoffe, du hast alles vorbereitet.« Die zweifaltige Kröte war wieder ganz sanft geworden.
Die Maus hatte im Augenblick damit begonnen, aus altem Laub, vertrockneten Gräsern und Moos eine Art Nest zusammenzufummeln.
»Kommst du auch aus einem anderen Land?« fragte Machtnix plötzlich. Sie hatte das ganze erstaunlich große Brot aufgegessen und saß nun mit vorgestrecktem Bauch auf dem Boden.
»Land hin, Land her«, wisperte die Maus, »das spielt für mich überhaupt keine Rolle, solange ich was zu fressen finde.«
»Hast du dich auch allein auf den Weg gemacht?«
»Allein? Was heißt das schon?! Unsereins ist nie allein. Zumindest nicht lange genug, um sich daran zu gewöhnen.« Und in diesem Augenblick brachte sie das erste Junge zur Welt, und es ging noch eine Weile unter Schnaufen und Stöhnen so weiter, bis es schließlich sechs waren, die nackt und blind das Fell ihrer Mutter absuchten.
»Kann man irgend etwas für dich tun?« fragte die Kröte und wandte sich dann an Machtnix. »Für Lebendgebärende ist es anscheinend eine rechte Plage.« Es wäre ein leichtes für sie gewesen, eines der

winzigen Mäuslein zu verschlucken, aber da sie mit der Maus nun schon persönlich bekannt war, kam das nicht mehr in Frage.
Die Maus spitzte das Schnäuzchen und hauchte mit so viel Liebenswürdigkeit, wie sie nur aufbringen konnte: »Schokolade! Schokolade ist das Beste für danach.«
»Schokolade – Mokolade«, die zweifaltige Kröte war nicht im Bilde, aber Machtnix hatte die Anspielung schon verstanden, ungern, wie man sich denken kann. Dennoch griff sie wie geistesabwesend nach der Tafel, die neben den Konservendosen und den Zigaretten auf dem Boden lag, brach ein kleines Stück davon ab und legte es neben die Maus, die vor Freude zu pfeifen begann. Den Rest hatte Machtnix aufheben wollen, zumindest bis zum nächsten Tag, aber die Tafel war nun einmal angebrochen, und der Geruch stülpte sich über sie wie ein dicker, süßer Brei, der in einem fort blubberte: »Los, verschling mich!«
Machtnix brach Rippe um Rippe ab, ließ sie im Munde zergehen und konnte einfach nicht aufhören, bis alles in ihren Magen gefunden hatte. Na ja! Jedenfalls konnte sie nun nicht mehr in die Lage kommen, etwas davon hergeben zu müssen.
Auch die Maus hatte ihren Wöchnerinnenanteil restlos aufgeknabbert und benutzte das Silberpapier, um die Löcher in ihrem Nest zu stopfen. Sie verschwand immer mehr darin, und es war klar, daß sie auf niemanden mehr angewiesen war. »Adieu!« fiepte sie, als sei es an ihr, Machtnix und die Kröte zu entlassen.
»Schnapp deinen Sack und komm!« quakte die zweifaltige Kröte plötzlich geschäftig. Und das tat Machtnix auch. Sie schulterte den Tornister und setzte Fuß

vor Fuß. Es war noch hell, obgleich die Sonne demnächst wie eine Goldmünze in den Sparschlitz einer schwärzlichen Wolkenbank zu fallen drohte.

WIE DIE KRÖTE UNBEDINGT IN DIE VERSUCHSSTATION WOLLTE

Sie hatten ein beträchtliches Stück Weg zurückgelegt. Die zweifaltige Kröte war ziemlich ausgetrocknet und hielt ihre Nasenlöcher in den Abendwind.
»Wenn wir uns beeilen«, und damit meinte sie, daß Machtnix sie sich wieder auf den Kopf setzen sollte, »wenn wir uns beeilen, schaffen wir es noch bis zur Versuchsstation, ja sogar bis zum Tümpel.«
Machtnix dachte gerade über etwas nach.
»Muß ich noch deutlicher werden? Ich sagte, wenn wir uns beeilen und nicht verweilen.« Machtnix blieb stehen und hob die zweifaltige Kröte hoch.
»In der Versuchsstation besuchen wir Profoloff. Vorausgesetzt, wir kommen noch vor Einbruch der Dunkelheit an.«
»Versuchsstation?« Machtnix zog die Stirn in Falten. »Ist das nicht so etwas wie ein Lager für Tiere?«
»Bewahre! Profoloff stellt dort die Weichen für die nächsten tausend Jahre«, erklärte die Kröte wisserisch. »Und wer würde sich besser für die Versuche eignen als wir Doppellebigen und Wechselwarmen, wenn du verstehst, was ich meine.«
»Verstehe ich nicht!« Machtnix kratzte sich hinterm Ohr und kitzelte dabei die Kröte an den Schwimmzehen.
»Gebildet bist du, wie ich schon bemerkte, nicht ge-

rade. Also das bedeutet ... Ich dachte, ich hätte es dir schon erklärt.«
»Hast du nicht.«
»Habe ich doch!« Aber zu mehr ließ sich die zweifaltige Kröte nicht herbei.
Machtnix stapfte schneller des Weges, seit die Kröte nicht mehr selber ging. »Und wer ist dieser Profoloff? Ein Schullehrer, der mit den Schülern Frösche aufschneidet?« Wenn Machtnix einmal einen Verdacht hatte, war sie nicht mehr so leicht davon abzubringen.
»Erlaube!« Die Kröte klang beleidigt. »Profoloff ist der größte Wisser seiner Zeit. Bei ihm laufen die Strähnen der Forschung zu einem echten Zopf zusammen. Und er wird vor Freude über meinen Besuch außer sich sein.«
Machtnix stolperte beinahe. »Aber über meinen Besuch freut er sich vielleicht nicht. Ich bin schließlich keine Kröte.«
»Das merkt man.« Die zweifaltige Kröte hatte sich diese Bemerkung nicht verkneifen können und fügte nun rasch, wie zur Entschuldigung, hinzu: »Aber es spielt keine Rolle. Erstens bist du in meiner Begleitung und zweitens wird Profoloff dich gar nicht sehen.«
»Ist er blind?« Machtnix war sich nicht sicher, ob das gut für sie wäre oder nicht.
»Gewissermaßen.« Die Kröte plusterte sich ein wenig. »Er hat sein ganzes berufliches Leben unter Kröten und Fröschen zugebracht und ist dermaßen darauf eingestellt, daß er andere Lebensformen höchstens als Umriß wahrnimmt. Es ist also völlig ungefährlich für dich.«
Machtnix schüttelte zweifelnd den Kopf, aber da sie nicht wußte, wo sie sonst hin sollte – nur nicht

zurück ins Lager –, und nun schon eine Weile mit der Kröte gewandert war, kam sie auch weiter mit. Sie könnte es sich ja noch immer überlegen, sagte sie sich. Und das beruhigte sie einigermaßen.
Es war schon ziemlich dämmrig, als sie schließlich bei der Versuchsstation anlangten, aber die zweifaltige Kröte wußte den Hausbrauch. Sie fand auf Anhieb die Einstiegsluke, und es genügte, daß sie ihren Daumen gegen einen Lichtstrahl hielt, um Türen zu öffnen. Ihr Daumen war offenbar bekannt hier. Und Machtnix rutschte mit durch.
Sie fuhren mit verschiedenen Aufzügen, durchquerten Gänge und Räume, die bereits zu den Laboratorien der Station zu gehören schienen, nach all den Geräten zu schließen, die überall herumstanden, auch wenn niemand mehr daran arbeitete.
»Jetzt wird es langsam heiß«, flüsterte die Kröte und wollte wieder auf eigenen Beinen laufen. Da erblickten sie eine weibliche Person – zumindest hatte die Person Ausbuchtungen an den Stellen, an denen Frauen Brüste und Hinterbacken haben –, die in einem hellgrünen Overall steckte, ein ebensolches Häubchen und goldumrandete Brillen aufhatte. Sie drehte sich nicht nach ihnen um, bemerkte sie wohl nicht einmal. Ihre beiden Arme steckten in einem Luftzelt, und sie verfolgte mit größter Aufmerksamkeit, was ihre Hände darin anstellten.
»Olmerlein im Abendschein…« wisperte die zweifaltige Kröte, »die engste Mitarbeiterin.« Dann hielt sie ihren Daumen wieder in einen Strahl, diesmal knapp über dem Boden, und während die Stahltür sich öffnete, erklärte die Kröte mit erhobenem Kopf: »Wie du siehst, öffnen sich mir alle Türen, selbst die zum Allerheiligsten.«
Im sogenannten Allerheiligsten gab es nichts außer

einem riesigen Schreibtisch, und hinter dem Schreibtisch saß jemand, der einer Kröte glich, nur daß er einen menschlichen Körper zu haben schien und Brillen trug, über die sich zwei Hautzipfel wölbten. Die Brillengläser funkelten auf, und ein geradezu begieriger Blick schoß auf die Kröte zu, tastete sie von allen Seiten ab und blieb dann wohlgefällig auf ihr ruhen, ohne sie auch nur für eine Sekunde aus seiner Aufmerksamkeit zu entlassen. Die Kröte hatte recht gehabt, Profoloff sah Machtnix überhaupt nicht.

»Na, Meister, wie steht's?« Die zweifaltige Kröte gab sich leutselig und watschelte näher an den Schreibtisch heran.

»Werter Freund!« Eine merkwürdig quäkende Stimme ließ sich hinter dem Schreibtisch vernehmen. »Gut, daß Sie gekommen sind. Wir haben beachtliche Fortschritte erzielt, von denen ich Sie unbedingt in Kenntnis setzen möchte. Was in Zeiten wie diesen zu unseren vordringlichsten Wissensprojekten zählt…«

»Sagen Sie bloß, Sie haben mit der Garschterei zu tun?! Was ich Ihnen nur ungern zutraue. Aber er wütet jetzt wieder einmal, und ich fürchte, sein Erscheinungsbild wird auf unsereinen zurückfallen.« Die zweifaltige Kröte versuchte zwar überlegen zu lachen, doch wurde nur ein klägliches Gequakse daraus.

Profoloff lächelte verbindlich, mit einer Spur heuchlerischer Anteilnahme in seinem Absuch-Blick. »Werden Sie noch immer von Hirngespinsten dieser Art, wie Gestaltgleichheit und Entstehungsirrtum, heimgesucht? Ich hoffte, das würde sich seit unserem letzten Treffen gebessert haben.«

»Was heißt da Hirngespinste, Meister?! Da draußen

ist genug von diesem Garscht zu sehen, wenn Sie verstehen, was ich meine.«
»Hatten wir uns nicht schon letztes Mal über eine kleine Behandlung unterhalten?« Profoloff hob seine Brauenzipfel weit über die Brillenränder hinauf. »Natürlich meine ich keinen Eingriff, eher etwas auf Gesprächsbasis.«
Die Kröte wurde immer wütender. »Wenn Sie mir nicht glauben, dann stecken Sie doch einmal Ihre Nase aus diesem Terrarium. Dann werden Sie schon verstehen, was ich meine.«
Profoloffs Brillengläser funkelten, als gingen dahinter Blitze nieder, Gedankenblitze, Lachblitze, Drohblitze. »Was Sie nicht sagen …«
Die Kröte war knapp am Platzen. »Wenn Sie mir schon nicht glauben, dann fragen Sie meine Bekannte da, die kann Ihnen meine Erfahrungen bestätigen.«
Profoloffs Blick schweifte für einen Augenblick zu Machtnix ab, aber da er nichts bemerkte, was seine Aufmerksamkeit erregt hätte, zog er seinen Blick bald ab und betrachtete wieder ausschließlich die zweifaltige Kröte.
»Ich glaube, es hat keinen Sinn, daß ich länger hierbleibe.« Machtnix schaute die Kröte bittend an.
»Wenn Sie sie schon nicht zur Kenntnis nehmen wollen, geben Sie ihr wenigstens einen ihrer Krötendaumen, damit sie ins Freie findet.« Die Kröte klang so bestimmt, daß Profoloff ein Ding von seinem Schreibtisch nahm und es in die Luft hielt. »Auf Ihre Verantwortung!«
Die zweifaltige Kröte nickte heftig und rief Machtnix, die sich das Ding geschnappt hatte, nach: »Wir sehen uns draußen, wenn die Unterredung hier zu Ende ist.« Daraufhin hüpfte sie auf den Schreibtisch

und sagte in barschem Ton zu Profoloff: »Wenn Sie mir schon den großen Garscht in Abrede stellen, berichten Sie wenigstens, welche Folgen Ihre Neuerungen im Tümpel draußen haben.«
Auf dem Weg zurück begegnete Machtnix wieder Olmerlein, die diesmal gerade dabei war, sich aus ihren Gummihandschuhen zu schälen. Machtnix grüßte und versuchte rasch und unbehelligt an Olmerlein, die durch sie hindurchzuschauen schien, vorbeizukommen. Erst als ihr dies beinah schon gelungen war, verstellte Olmerlein ihr mit einem großen Schritt den Weg und musterte sie schamlos. »Du könntest dir einmal den Hals waschen«, stellte Olmerlein sachlich fest.
»Wenn der Krieg vorbei ist.« Machtnix drehte sich rasch auf die Seite, wobei das Eßgeschirr an ihrem Tornister heftig klapperte. Das schien Olmerlein an etwas zu erinnern. »Was sagst du? Ich habe auch schon davon läuten gehört, daß da draußen so einiges los ist.« Sie dachte ein Weilchen mit gerunzelter Nase nach, dann hellte sich ihre Miene auf. »Es stimmt doch, daß der Krieg denen, die er erwischt, alles nimmt?« Sie betrachtete Machtnix, der nichts geblieben war, als was sie auf dem Leibe trug. »Da kann ich endlich meine alten Sachen loswerden, komm!« Olmerlein packte sie am Arm und zerrte sie zu einer Tür, die sie aufriß. Es handelte sich um einen begehbaren Schrank, der von unten bis oben mit Kleidungsstücken vollgestopft war.
»Brauchst du Schuhe?« Olmerlein griff gleich nach mehreren Paaren, aber Machtnix schüttelte nur den Kopf. Ihre Füße steckten in Turnschuhen, mitsamt denen sie in Olmerleins Tretern Platz gehabt hätte. »Röcke? Blusen? Kleider? Mäntel? Unterwäsche?« Aber selbst Olmerlein konnte erkennen, daß diese Dinge

für Machtnix zu groß waren. »Wieder nichts«, jammerte sie. »Da dachte ich schon, ich bekäme ein wenig Luft in das abgetragene Zeug und könnte mir endlich etwas Neues kaufen.«
»Diesen Pullover vielleicht...« Machtnix zeigte auf einen großen grünen Wollpullover, der mit lauter Zöpfen und Girlanden vollgestrickt war und den sie als Schlafsack brauchen konnte.
»Nimm nur, nimm!« Olmerlein lächelte, soweit man das Zerfließen ihres durchscheinenden Gesichtes und das Sichtbarwerden mehrerer Zähne als Lächeln deuten konnte.
Machtnix stopfte den Pullover in ihren Tornister, und dabei fiel ihr Blick auf all die Wandtafeln, die mit Formeln, Bildern und Beschriftungen bedeckt waren. Sie hatte nach der Ratemethode lesen gelernt, bei der das Buchstabieren erst im nachhinein kommt, und so kombinierte sie ziemlich großzügig, manchmal sogar mit Erfolg. Da sie nur auf den ersten und letzten Buchstaben eines Wortes achtete, während das, was dazwischen lag, ihr meist schon bekannt vorkam, las sie gerne Heckenscheren, wenn von Heraufbeschwören die Rede war, oder Grablicht, wenn es um die Grasschicht ging.
»Kannst du lesen?« Olmerlein folgte Machtnix' Blicken über die Schautafeln.
»Kein Problem!« Machtnix erkannte beinah auf Anhieb einen Zipfelkrötenfrosch.
»In Ordnung!« Olmerlein hatte einen Zeigestab geholt und fuhr damit die Wand entlang. »Und das?« Es handelte sich eindeutig um eine Knoblauchkröte. »Und das?« Das Wort Herzzüngler war nicht gerade einfach zu lesen, aber zum Glück erinnerte es Machtnix an nichts, und so unterzog sie sich der Mühe des Buchstabierens.

»Bestens!« Olmerlein klopfte anerkennend mit dem Zeigestab gegen die Wand. »Und das?«
Machtnix blieb in Fahrt. »Scheibenfinger.«
»Bravo!« Olmerlein beschleunigte ein wenig, und Machtnix gab ihr Bestes. »Taubfrösche, Echte Engmaulfrösche, Kurzkopffrösche, Grab- und Schlüsselrückenlaubfrösche, Augenkröten, Zungensaumfrösche, Gespensterfrösche ...«, aber schon bei der Falschen Baumkröte geriet sie in große Versuchung, eine Flaschenzaunkröte daraus zu machen. Sie war etwas müde geworden, und als Olmerlein auf ein letztes Bild zeigte, wagte sie einen längeren Blick und sagte »Kampffrosch!«
In diesem Moment fiel Olmerlein der Zeigestab aus den Fingern, und sie hielt sich die Hände vor den Mund.
Machtnix verstand nicht, was das sollte, war aber froh, daß die Fragerei ein Ende hatte, und wollte sich rasch davonmachen, als sie Olmerlein flüstern hörte. »Pst, pst! Davon darf nicht einmal ich etwas wissen.«
»Wovon?« Machtnix schaute sie entgeistert an.
»Von dem Projekt ›Kampffrosch‹.« Olmerlein schlug wieder die Hände vor den Mund. Plötzlich zog sich ihr Gesicht mißtrauisch zusammen. »Und du? Bist du am Ende ein Spion?« Jetzt, wo sie das Wort herausgesagt hatte, schien sie sich erst richtig zu ängstigen. Sie wich zurück, und Machtnix ergriff die Gelegenheit, sich mit Hilfe des Krötendaumens auf den Weg nach draußen zu machen. Eine Weile dachte sie, Olmerlein würde ihr nachgelaufen kommen, aber es rührte sich nichts. Wahrscheinlich hatte Olmerlein wieder die Arme ins Luftzelt gesteckt und darüber alles andere vergessen.
Machtnix wußte nicht mehr genau, welchen Weg sie

gekommen waren. Die Räume und Gänge sahen alle ziemlich gleich aus. Um die Wahrheit zu sagen: Sie fürchtete sich angesichts all der Apparate, der Meß- und Durchleuchtungseinrichtungen, mit ihrem Tornister allein umherzuirren. Auch schien ihr, daß ringsum eine Reihe von Lebewesen, in irgendwelche Behälter gesperrt, in der Falle saßen, und so trachtete sie so rasch wie möglich ins Freie zu gelangen. Dabei vermied sie es, viel zur Seite zu sehen, doch in dem Moment, in dem es sich gerade einmal nicht vermeiden ließ, erblickte sie einen Glasbehälter, aus dem sich ein Frosch verzweifelt abzustoßen versuchte, und dies umso verzweifelter, je länger Machtnix ihn anstarrte. Er sah genauso aus wie jener Frosch, unter dessen Abbildung sie das Wort »Kampffrosch« gelesen hatte, nur daß er in Wirklichkeit überhaupt nicht wie ein Kampffrosch aussah. Im Gegenteil. Er versuchte immer wieder durch den Deckel des Glasbehälters zu springen, was aber nicht gelang, weil der Deckel, eine Art feinmaschiges Sieb, an den Rändern festgeschraubt war. Wohl hatte das Sieb schon eine Reihe von Dellen, die der Frosch ihm mit seinem Kopf gebuchtet hatte, ebenso wie der Kopf des Frosches bereits ein Gitter zeigte, das wiederum das Sieb ihm eingepreßt hatte.

Machtnix überlegte. Sie hätte natürlich weiterlaufen und den komischen Kampffrosch Kampffrosch sein lassen können, aber schon spürte sie den unwiderstehlichen Drang, den Deckel zu öffnen, um zu sehen, was dann geschah. Sie war nicht groß genug, um einfach danach zu greifen, also holte sie sich einen Stuhl, stieg darauf, und als sie den Kampffrosch nun von oben zu sehen bekam, schien er ihr noch viel kleiner als von der Seite. Er bemerkte anscheinend, daß sie sich am Deckel zu schaffen machte, und stellte sich erst einmal tot, während sie nach einem Messer oder etwas Ähnlichem suchte, um den Deckel abzuschrauben. Sie fand einen Griffel, der vorne eine Art schmaler Schneide hatte, und kaum war das Sieb so weit gelockert, daß sie den Deckel hochheben konnte, erhielt sie einen festen Schlag auf die Nase, daß sie den Deckel vor Schreck gleich wieder fallen ließ. Der Frosch hatte es einfach nicht erwarten können. Er war beim ersten Anzeichen von Freiheit losgesprungen und Machtnix gegen die Nase geknallt – dumm, wie er von den vielen Zusammenstößen mit dem Sieb bereits sein mußte – und dann auf den Tisch gefallen, von wo er sofort zu Boden hüpfte, um augenblicklich das Weite zu suchen.

Es war ein sehr kleiner Frosch, der als Kampffrosch ziemlich ungeeignet schien. Kein Vergleich mit dem großen Garscht oder auch nur mit der zweifaltigen Kröte. Wenn das Projekt so geheim war, warum schrieben sie es dann auf den Behälter, so daß jeder es lesen konnte, der lesen konnte?

Machtnix begann zu buchstabieren, und siehe da, da war es auf einmal kein Kampffrosch mehr, sondern ein »Kamerunfrosch«. Da sollte einer draus schlau werden.

»He, du!« schrie Machtnix dem wild in der Gegend umherspringenden Fröschlein nach – und springen konnte es, das mußte man ihm lassen –, »he, du! Wart auf mich! Ich habe dich immerhin befreit!« Sie holte den Kamerunfrosch bei der nächsten Tür ein, gegen die er schon wieder geknallt war, und während sie sie mit dem Krötendaumen öffnete, schimpfte sie vor sich hin. »Ein anderer Frosch hätte zumindest auf mich gewartet oder vielleicht sogar danke gesagt, aber du schlägst dir immer nur blöd den Kopf an.«

Der Frosch antwortete nicht. Vielleicht war er zu verwirrt, oder er konnte gar nicht sprechen. Er machte nur ganz leise »Quak!«, und kaum war die Tür offen, stürmte er wieder los. Auch wenn er seine Augen noch nicht richtig gebrauchte und noch einige Male wo gegenrannte, schien er doch ganz genau zu wissen, in welcher Richtung es nach draußen ging, denn es dauerte nicht lange, und sie waren wieder im Aufzug, der sie zur Einstiegsluke hinaufbrachte.

Die warme Nachtluft haute sie erst einmal um. Sie mußten sich beide setzen, um ihre Atemzüge in Ordnung zu bringen. Der Kopf des Fröschleins schien sich langsam zu erholen. Es sah so aus, als würde es ihr zuzwinkern und sogar – wenn auch ein wenig schief, so doch – zulächeln.

Plötzlich öffnete es die Nasenlöcher, so weit es gehen mochte, drehte den Kopf in die andere Richtung und sagte mit einer Stimme, die viel zu laut war für so einen kleinen Frosch: »Und jetzt nichts wie ab in den Tümpel!« Gesagt – getan, mit einem riesigen Satz verschwand der vermeintliche Kampffrosch in der Dunkelheit. Machtnix lehnte sich mit dem Rücken gegen ihren Tornister und starrte dem Fröschlein nach. Sie fühlte sich müde und verlassen und wollte warten, bis die zweifaltige Kröte endlich wiederkam. Sie fehlte ihr.

»Und jetzt nichts wie ab in den Tümpel!« Machtnix wußte nicht, ob sie noch träumte oder wieder recht hörte, doch während sie sich den Schlaf aus den Wangen klopfte, polterte die zweifaltige Kröte: »Auf was warten wir denn noch? Ab in den Tümpel!«

Machtnix rappelte sich auf, wobei das Blechgeschirr

an ihrem Tornister auf die gewohnte Weise klapperte.
»Glaub es oder glaub es nicht«, erboste sich die Kröte noch im nachhinein. »Aus Profoloff ist nichts Vernünftiges herauszukriegen. Wahrscheinlich weiß er selber nicht mehr, wo seine Wisserei hinführen wird. Zuerst dieses Gequatsche von Amphibienfahrzeugen und dann das noch größere Gequatsche von einer Amphibisierung der Welt. Er möchte etwas Winziges aus mir herausnehmen und in andere Wesen einsetzen, und dadurch soll sich die Widerstandsfähigkeit der Menschen erhöhen. Ausgerechnet der Menschen. Kommt sich wohl vor wie das dicke Unk und der große Garscht in einem und höchstpersönlich. Schon wieder soll aus meinen Laichschnüren die Zukunft erstehen. Ich denke nicht daran. Dabei sind nicht einmal die Zipfel in seinem Gesicht ganz echt. Dazu dieser Grottenolm mit Goldrandbrille. Die pure Verstellung! Aber ich komme schon noch dahinter, womit da wieder gepokert wird ...« Die Kröte setzte sich augenblicklich in Bewegung.
»Der Kampffrosch«, rief Machtnix plötzlich laut und schlug sich dann ebenso mit den Händen auf den Mund wie Olmerlein. Die Kröte hielt inne, und Machtnix blieb nichts anderes übrig, als ihr die Geschichte vom falsch gelesenen Kamerunfrosch zu erzählen und wie sie ihn befreit hatte.
Die zweifaltige Kröte setzte sich. »Aha, da haben wir es. Das Geheimnis hat sich wie immer im Wort versteckt. Kam-er-ruhen? Oder kam er, um der Welt einen Stoß zu versetzen? Das ist hier die Frage. Nun, wir werden schon dafür sorgen, daß er nicht am Ball bleibt.«
»Wer?« Machtnix fühlte sich so dumpf im Kopf, als

wäre sie selber gegen das Deckelsieb gehüpft. Die zweifaltige Kröte zog die Enden ihres breiten Maules nach unten. »Du warst auch schon heller im Kopf.« Dann drehte sie sich noch einmal nach der Versuchsstation um und rülpste vernehmlich. »Unk!« Da roch es für einen Augenblick wieder ganz scharf nach Krieg, und Machtnix spürte, wie ihr Herz klopfte. Dann verfiel die Kröte in eine Art Trab, und Machtnix folgte ihr niedergeschlagen.

DIE UREIGENEN LAICHSCHNÜRE

Schon von weitem konnte man die Stimmen der Kröten und Frösche hören, und als sie am Tümpel angelangt waren, ließ sich ein vielhundert-, ja vielleicht sogar vieltausendfaches »Hoch die Flöten, hoch die Flöten, es lebe die Mutter aller Kröten« hören.

»Beruhigt euch, Kinder«, rief die zweifaltige Kröte mit einem gutturalen Alt-Timbre und lachte, worauf ihr ganze Wellen von Lachen antworteten. »Beruhigt euch, danke, beruhigt euch. Nur keinen Wirbel!« Dann zeigte sie auf Machtnix. »Dieses Wesen steht unter meinem Schutz, also benehmt euch anständig!« Wieder lachten alle.

Es war nicht kalt, dennoch fröstelte Machtnix. Der Gestank des Krieges hatte seine Spur in ihren Nasenlöchern hinterlassen.

Die Mutter aller Kröten stieß sie an. »Im Wasser ist es wärmer als draußen, mach schon!« Machtnix genierte sich und umklammerte mit den Händen ihr T-Shirt.

»Was ist?« Die zweifaltige Kröte war schon in den Tümpel geplatscht.
»Ich kann doch nicht in den Kleidern …« Wieder lachten alle, laut und quäkig.
»Zieh sie aus! Seid ihr Menschen komisch!«
»Dann können mich alle sehen.« Machtnix nestelte an den Gurten ihres Tornisters, wollte sich aber noch immer nicht ausziehen.
»Wer soll dich denn in dieser unkigen Finsternis sehen? Und erst recht hier drinnen?«
Die Schwärze des Wassers überzeugte Machtnix. Sie schlüpfte dermaßen rasch aus den Kleidern, daß auch bei Tag niemand etwas bemerkt hätte, und flutschte ins Wasser. Es war lauer, als sie gedacht hatte, und auch die vielen Kröten und Frösche um sie her störten sie nicht. Im Gegenteil. Alle waren gleich weich und gleich warm und flüsterten kichernd miteinander, während andere einen schaurig schönen Gesang anstimmten.
»Laß uns ein bißchen hinausschwimmen.« Die Kröte zog vor ihr her, und sie überquerten gemeinsam den Tümpel. Machtnix spürte ein großes Wohlbehagen, und ihr Inneres schien zu schmelzen. Am liebsten hätte sie der Mutter aller Kröten etwas aus ihrem früheren Leben erzählt, aber sie wußte nicht, wo anfangen. Sie wußte überhaupt so gut wie nichts.
Als sie am anderen Ufer angekommen waren, wurde es sehr hell in der Ferne. Nach all dem Licht zu schließen, mußte es eine Stadt sein, die da unten auf dem flachen Lande lag und aus deren unzähligen Fenstern die Helligkeit sickerte, ja geradezu strömte und selbst den Himmel erleuchtete.
»Haben die keine Angst?« hörte Machtnix sich zur eigenen Überraschung fragen. »Das viele Licht tut weh.« Unwillkürlich tauchte sie bis zur Nasenspitze

in den Tümpel zurück. Die Kröte wandte den Kopf. »Es gibt Menschen, die behaupten, daß mit der Zeit alles zu Licht wird, überhaupt alles.« Für einen Augenblick schien es tatsächlich so, als schlügen Lichtflammen empor, aus denen gleißende Strahlen gen Himmel entwichen.
Machtnix fiel ein, daß sie selber einmal in einer Stadt gewohnt hatte, in der Vorstadt zu einer Stadt, doch gerade als sie das Bellen des Hündchens wieder hören konnte, kreischte ein ferner, mörderischer Ton durch die Nacht, wie eine Säge, deren Zähne sich in Mauerwerk fressen. Der Ton heulte auf und vertiefte sich, heulte wieder auf und vertiefte sich. In der Stadt gingen einzelne Lichter aus, zu spät. Schon flitzte ein metallener Schwarm über den immer noch erleuchteten Himmel und entleerte sich jaulend über der Stadt. Man konnte die Sprengkörper fallen sehen, und kaum waren sie unten angelangt, zerriß es sie, und die Trümmer flogen beinah bis in dieselbe Höhe, aus der die Todbringer herabgestürzt waren.
In der Stadt verloschen nun alle Lichter, und sie lag in vollkommenem Dunkel da, dann wurde es wieder hell. Diesmal schlugen Feuerflammen aus ihr empor, loderten bis über die höchsten Türme und schlugen über ihnen zusammen.
Am Himmel blieb es fortan ruhig. Man konnte wieder die Sirenen hören, diesmal in einem anderen Ton. Und nach einiger Zeit erstickten die Flammen in schwarzem Rauch. Von da an blieb die Stadt finster, und nach geraumer Zeit hätte man nicht einmal mehr sagen können, wo sie überhaupt lag.
Trotz der angenehmen Temperatur des Wassers klapperte Machtnix mit den Zähnen. »Komm«, sagte die zweifaltige Kröte und schubste sie ein wenig.

Machtnix rührte sich nicht. Da gab *Bufo-ma-bufo* den anderen ein Zeichen, und eine Schar von Kröten und Fröschen rutschte unter Machtnix und trug sie durchs Wasser, bis sie wieder am anderen Ufer waren. Dabei hatten sie sie so sanft und ausdauernd massiert, daß sie sich wieder bewegen und aus dem Wasser steigen konnte. Mechanisch zog sie sich an, während die Kröte ihr besorgt dabei zusah.
Dann holte Machtnix Olmerleins Pullover mit den vielen gestrickten Zöpfen und Girlanden aus ihrem Tornister und stieg hinein. Selbstverloren hatte sie sich den letzten der merkwürdigen Äpfel genommen und hineingebissen, während sie vor sich hin in die Nacht starrte, bis sie dann doch irgendwann einschlief, trotz des fortwährenden Gequakes und Geschmatzes der Kröten und Frösche, die noch lange mit sich beschäftigt waren.
Machtnix stand wieder vor Profoloffs Schreibtisch. Sie war jetzt selber eine Kröte, und er sprach zu ihr: »Am Anfang«, – er zog die Zipfel seiner Brauen hoch und blickte von der Zeitung auf –, »am Anfang war der Einzeiler.« Er räusperte sich und versuchte seine Sätze zu singen. »Philomena Mückenschnabel mit der langen Ofengabel.«
Machtnix wartete, daß noch etwas käme, aber es schien sich tatsächlich um einen Einzeiler zu handeln.
Dann fuhr Profoloff fort: »Als die Erde abkühlte und die andauernden Gewitter nicht mehr so heftig waren, kam es zu Mehr-, ja sogar zu Vierzeilern. Ich hoffe, Sie können mir folgen.« Er schien alle Kröten zu siezen, ob aus Respekt vor seinem Wissensgegenstand oder aus Gewohnheit, war nicht zu klären.

»Etwa so«, er räusperte sich wieder und sang laut.
»Aus zwei mach eins
wie nie noch keins!
Kein Mensch weiß, wie es sich entfaltet,
egal, am Ende wird's gespaltet.«
»Oder«, er schaute die Kröte Machtnix lange an:
»Ene, mene, mu.
ein Zellchen zu,
ein Zellchen ab,
viele Zellchen sind schon im Grab.«
Profoloff verneigte sich, als erwarte er, daß Machtnix klatsche, aber mit ihren Krötenfingern war da nicht viel auszurichten. Also sang er noch einen Vierzeiler.
»Quastenflosser, Keimsprosser,
aus alt mach neu,
weg mit der Spreu,
die Krot wird zum Maschinenschlosser.«
Da war es plötzlich wieder jener alte Mann, den sie so gut kannte und der mit seinem Kreuzworträtsel in einem ihr ebenfalls bekannten Vorgarten saß, in einer ihr ebenfalls bekannten Vorstadt. Der alte Mann betrachtete sie traurig und sagte dann: »Nach dem Paradies kam die Bleibe und mit der Bleibe kam die Zeit.« Er nahm eine silberne Uhr aus der Tasche, las davon die Stunde und die Minuten ab und seufzte. »Alles hat damit angefangen, daß die Kröten in jedem Jahr dieselben Laichplätze aufsuchten. Jede Kröte immer wieder den, an dem sie geboren worden war.«
Machtnix konnte das Hündchen bellen hören, laut und aufgeregt, und watschelte so rasch es gehen mochte, auf das Haus zu, aus dem das Bellen drang. Die Tür stand offen, und ihr Herz krampfte sich zusammen, so bekannt kam ihr alles vor. Die

Mäntel auf dem Kleiderständer im Vorzimmer und das Telefon auf dem kleinen Tisch vor dem Bild mit den Zyklamen. Das Bellen des Hündchens wurde immer lauter, und da waren auch noch Geschrei und Gepolter zu hören.
Machtnix hüpfte durch das Wohnzimmer mit der Blümchentapete, den vielen bequemen Sesseln und dem Sofa. Auf dem Tisch standen ein noch voller Aschenbecher und Kaffeegeschirr. Die weiße Kanne mit dem langen Schnabel, der einen kleinen Sprung hatte, durch den immer wieder ein paar Tropfen ihren Weg aufs Tischtuch fanden, auch wenn man noch so sehr achtgab. Sie hüpfte an der Vitrine mit all den hübschen Glasfiguren und Mokkatäßchen vorbei, bis zur Schlafzimmertüre, die einen Spaltbreit offenstand, und wagte erst gar nicht, einen Blick hineinzuwerfen. Aber als das Getöse immer größer wurde, machte sie doch noch einen Hopser, und das erste, was sie aus ihren Krötenaugen sah, war das Hündchen, das sich knurrend an einem Hosenbein festgebissen hatte, das zu einem der beiden Volkskrieger gehörte – oder waren es Landeskrieger? –, die einer halb entkleideten Frau die Arme auf den Rücken gedreht hatten und sie so festhielten. Die Frau versuchte mit aller Kraft freizukommen. Gleichzeitig spuckte sie und brüllte: »Verräter, Mörder, Hurenböcke!« Die Stimme kam Machtnix so bekannt vor, daß ihr beinahe das Herz im Leibe zersprang.
»Hilfe! Zu Hilfe!« schrie die Frau. Plötzlich war es ihr gelungen, eine ihrer Hände loszureißen – einer der Kämpfer war gerade dabei, seinen Gürtel zu lösen –, und sie kratzte ihm lange, blutige Striemen ins Gesicht, worauf er wütend zischte: »Na warte nur, du Kröte!«

Da drehten sich alle nach Machtnix um. Das Hündchen begann wieder zu bellen, und der andere der beiden Krieger trat mit solcher Gewalt nach ihm, daß es geradewegs auf sie zugeflogen kam, und als es sie traf, wimmerte es laut. Sie schrie und erwachte durch diesen ihren Schrei.
»Du weinst ja!« Die zweifaltige Kröte saß neben ihr und schob ihr ein großes Sauerampferblatt zu, damit sie sich die Tränen abwischen konnte.
»Sie haben sie umgebracht. Sie haben sie alle umgebracht«, schluchzte Machtnix, und es klang, als würde sie demnächst ersticken.
»Wen?« fragte die Mutter aller Kröten.
»Meine Mutter, meinen Großvater, mein Hündchen.«
»Was ist mit deinem Vater?«
Machtnix schneuzte sich in das große Sauerampferblatt. »Mein Vater war schon fort.«
»Schon fort?«
Machtnix zuckte die Achseln. »Wir haben ihn die ganze Zeit vermißt.«
Es begann zu dämmern, und die Helligkeit hatte ein erstes Auge auf den Tümpel geworfen. Erst jetzt bemerkte Machtnix, daß einige der Frösche und Kröten eher merkwürdig aussahen. Sie hatten Körper, die an unüblichen Stellen ausgebuchtet waren, andere wieder schienen nur drei Beine zu haben, und ihr kam vor, daß es auch welche mit zwei Köpfen gab. Je genauer sie hinschaute, desto ungestaltere und bresthaftere Frösche und Kröten konnte sie sehen. Die zweifaltige Kröte war ihrem Blick gefolgt und seufzte. »Die Versuchsstation, glaub es oder glaub es nicht. Es muß mit der Versuchsstation zu tun haben.«
»Warum geht ihr nicht alle weg?«
»Wir gehen ja. Die meisten noch heute, manche erst

morgen, aber die meisten gehen weg, sogar ziemlich weit weg.«
»Und?«
»Ums Weggehen ist es nicht. Es ist das Wiederkommen. Wir kommen immer wieder.«
»Aber wenn das die Folgen sind, warum bleibt ihr dann nicht weg?» Die Mutter aller Kröten senkte den Kopf. »Das geht nicht. Wir müssen immer wieder hierher zurück, weil wir hier geboren sind.«
»Auch so eine Idee!« *Dem Krottok* streckte theatralisch die Ärmchen empor und fuhr fort: »Ist lange allen als die beste Lösung erschienen. Und jetzt, wo es Schwierigkeiten damit gibt, fällt wieder alles auf uns zurück. Wer hat denn ahnen können, daß diese Versuchsstation ausgerechnet hier errichtet wird, an dem Tümpel, der seit Krötengedenken ... Ich werde nochmals mit Profoloff reden, wenn du verstehst, was ich meine.«
»Kommt nicht in Frage«, schrie gleich darauf *Bufoma-bufo.* »Wir gehen, und zwar sofort. Ich kann diese erbärmlichen Erbarmungswürdigen jetzt schon nicht mehr sehen, geschweige denn, wenn die Sonne aufgeht.«
»Man kann sich nicht so einfach aus der Verantwortung stehlen.« *Dem Krottok* wurde hochtrabend. Es war das erste Mal, daß Machtnix miterlebte, wie der Schöpfer und die Mutter miteinander in Streit lagen.
»Verantwortung? Du bildest dir doch nicht ein, daß hier noch irgend etwas unserer Verantwortung untersteht?«
»Die Verantwortung läuft einem ja nicht weg.«
»Machen wir uns nichts vor. Wir haben unser Weltalter gehabt, fürwahr. Das hier entspricht einer anderen Machart, es ist an der Zeit, das einzusehen.«
Machtnix konnte beobachten, wie die zweifaltige

Kröte, die nun nichts mehr sagte, ständig ein wenig an- und wieder abschwoll, so als tobe der Streit, wenn auch tonlos, weiter in ihr.
Nach geraumer Zeit schienen sich die zwei Falten wieder in eins gelegt zu haben, und die Kröte bemerkte, daß es höchste Zeit sei, sich auf den Weg zu machen.
Machtnix hatte den grünen Pullover wieder eingepackt und ihren Tornister geschultert. Die meisten Frösche und Kröten dösten noch, während sie den Tümpel endlich hinter sich ließen. Ab und zu seufzte die zweifaltige Kröte verdrossen und angelte nach kleinen braunen, noch ganz benommenen Laufkäfern, um ihre Verstimmung zu füttern.

DER ERHALT DER BOTSCHAFT

»Ich muß noch mit Profoloff sprechen.« *Dem Krottoks* Falte hatte sich durchgesetzt, und *Bufo-ma-bufo* beschränkte sich auf Praktisches. »Mach schon, zusammen kommen wir besser voran.« Es war klar, was das bedeutete, und schicksalsergeben setzte Machtnix sich die Kröte wieder auf den Kopf.
Sie stiegen in die Luke ein und fuhren mit dem Aufzug nach unten, doch als sie zur nächsten Tür wollten, schloß diese sich, und kein Krötendaumen konnte sie öffnen.
»Was sind denn das für Faxen?« Die zweifaltige Kröte klappte ärgerlich das Maul auf und zu, als ein Stück Papier durch den Türschlitz geschoben wurde, nach dem Machtnix sich sogleich bückte. Es stand eine Reihe von Zeichen auf dem an den Rändern geloch-

ten Bogen, aber Machtnix konnte sie nicht entziffern. Die zweifaltige Kröte wurde ungeduldig. »Ist es in Schwänzisch oder in Pfötisch?«

»In was?« Machtnix bekam Augen so groß wie Teetassen.

»Wir finden es besser oben heraus, bei mehr Licht.« Tatsächlich wurde es immer dunkler, so als würde es schon wieder Nacht. Nur im Aufzug brannte noch eine einzige Birne.

»Wir sind also nicht mehr willkommen«, erboste sich die Kröte, so laut sie konnte, aber es half nichts. Kaum waren sie in dem Aufzug, schoß dieser auch schon mit ihnen empor, und als sie ausstiegen, gingen seine Türen so rasch zu, daß sie beinah Machtnix' Rock eingeklemmt hätten. Selbst die Luke schloß sich augenblicklich, sobald sie ins Freie gelangt waren, und war gleich darauf so gut getarnt, daß sie sie wohl kaum wiedergefunden hätten.

»Gib her!« sagte die zweifaltige Kröte, als sie nebeneinander im Gras saßen, und Machtnix legte das Blatt auf den Boden. Die Kröte umhüpfte es aufmerksam und fuhr mit dem Daumen jedes einzelne Zeichen nach.

»Schwänzisch«, erklärte sie fachmännisch.

»Schwänzisch was?« Machtnix' Augen schienen demnächst herauszufallen.

»Möglicherweise Rattenschwänzisch.« Die zweifaltige Kröte erbarmte sich Machtnix' Unwissenheit. »Es gibt Tiere, die mit den Pfoten, und Tiere, die mit den Schwänzen schreiben. Mit Schwänzen können natürlich nur diejenigen Tiere schreiben, die einen Schwanz haben, wenn du verstehst, was ich meine.«

Machtnix verstand. »Was steht da auf schwänzisch?«

Die Kröte vertiefte sich wieder ins Lesen, legte den Kopf schief, trat einen Schritt zurück, um das Ganze

zu erfassen, und sagte dann in zweifelndem Ton: »STOPPT DIE ZENTRALE! Es heißt schlicht und einfach: STOPPT DIE ZENTRALE!«
Machtnix verstand nicht, was das bedeutete. »Kannst du dir einen Reim darauf machen?«
»Moment!« Die Kröte versank in Nachdenken. »Zentrale, Pedale, Randale, Kapitale... Das bringt mich auf eine Idee. Weißt du, was Kapitale heißt?«
Machtnix nagte an ihren Lippen, um Zeit zu gewinnen, aber alles Nagen half nichts, sie wußte es nicht.
Die Kröte warf ihr wieder einen ihrer Blicke zu, die zeigten, was sie von Machtnix' Bildung hielt. »Also, Kapitale, das ist soviel wie Hauptstadt. Und in der Hauptstadt laufen die Fäden zusammen.«
»Was für Fäden?« Machtnix verstand unter Fäden die Fäden des Fadenspiels, und das ergab in dieser Sache keinen Sinn.
Die Kröte seufzte übertrieben. »Nimm an – und wir haben allen Grund anzunehmen –, daß auch die Versuchsstation von der Kapitale aus gelenkt wird, ja, daß sie ihre Zentrale in der Kapitale hat. Also ist es doch nur vernünftig, wenn wir gleich in der Kapitale Randale machen.«
»Wie gut du reimen kannst!« Machtnix war beinah neidisch.
»Reimen ist eine alte Kunst«, beschied sie die zweifaltige Kröte, »und ich bin alt.«
Da kam Machtnix ein Gedanke, der sie lachen machte. »Entschuldige schon, aber hast du dir überlegt, wie du Randale machen wirst? Du bist nicht gerade groß. Und warst du überhaupt schon in einer Stadt?«
Die Kröte ging über Machtnix' Einwände gelassen hinweg. »Deswegen sollst du ja mitkommen. Aus dir

wird einmal ein Mensch, kann sein, daß du von Nutzen bist.«
»Ich? Von Nutzen?« Machtnix schaute die Kröte entgeistert an.
»Es wäre zumindest denkbar. Kommst du nun mit oder nicht?«
Machtnix überlegte, obwohl es nichts zu überlegen gab, denn ins Lager wollte sie auf keinen Fall zurück.
»Also gut«, sagte sie nach einer Weile, »dir zuliebe.«
Die zweifaltige Kröte schloß geschmeichelt die Augen, verfiel jedoch gleich darauf in eine Art Befehlston: »Dann wollen wir sehen, wie wir vorankommen, wenn du verstehst, was ich meine.« Sie setzte sich sofort in Marsch, und ihre Bewegungen waren derart bestimmt und zielbewußt, und es fehlte nur noch, daß sie dazu sang. Tatsächlich glaubte Machtnix, sie bald darauf summen zu hören. Etwas von einem schönen Mai und von ausschlagenden Bäumen.
»Ein Baum ist doch kein Pferd«, bemerkte sie, als das Summen für einen Augenblick aufhörte.
Die Kröte glotzte.
»Du singst: die Bäume schlagen aus.«
»Früher hieß es so, und dieses Lied ist von früher.«
»Ach so.« Machtnix hatte keine Lust, weiter darüber nachzudenken. So nahe »früher« heut Nacht gewesen war, jetzt war es wieder weit weg. Nach einer Weile geschah dann, was schon öfter geschehen war. Die Kröte blieb stehen, betrachtete ihre Füßchen und behauptete, sie seien wundgelaufen, worauf Machtnix sie sich wieder auf den Kopf setzte.
Natürlich bestimmte die zweifaltige Kröte, welchen Weg sie gingen, und als Machtnix feststellte, daß es derselbe Weg war, auf dem sie gekommen waren,

meinte sie nur: »Na und? Er führt eben in die Kapitale.«

»Bist du sicher, daß es kein Umweg ist?«

„Gelegentlich sind Umwege lebensnotwendig«, behauptete die Kröte, und dabei blieb es.

Es war an derselben Stelle, an der Machtnix die Schokolade aufgegessen hatte, und ihr war, als hinge noch ein zarter Duft davon in den Bäumen. Sie hatte schon auf dem letzten Stück durch den Wald trockene Zweige aufgelesen, aus denen sie nun mit Hilfe der an die Zigarettenschachteln geklebten Zünder ein kleines Feuer entfachte, um eine Dose mit Gulaschsuppe zu wärmen.

Kaum war sie ein wenig warm geworden, hatte Machtnix sich die Suppe ganz und gar einverleibt, doch bevor sie die Dose noch auf der Suche nach kleinen Bröckchen, die sich gerne in die Rillen festsetzten, ausschmieren konnte, kam jemand mit geschlossenen Augen, geradezu nachtwandelnd, und das, obwohl es Mittag war, auf das Feuer zu. Nur im letzten Moment konnte die zweifaltige Kröte verhindern, daß dieser Jemand ins Feuer tappte.

Es war die ohnmächtelnde Maus. Diesmal lag sie zwar nicht auf dem Rücken und fragte beim Erwachen »Wer bin ich?«, sondern tappte erhobenen Hauptes und mit geschlossenen Augen auf die Suppendose zu. Und als sie die Augen, nachdem ein paar ihrer Schnurrbarthaare bereits angesengt waren, doch noch öffnete, fragte sie in fiependem Ton:

»Wo bin ich?« Im Grunde kam es auf dasselbe heraus.

»Gute Frage«, meinte die zweifaltige Kröte. »Wo möchtest du denn sein?«

»Wenn ich ehrlich sein soll, in einer Gulaschsuppendose.«

Die Direktheit der Maus war wieder einmal zielführend. Machtnix zog den Finger heraus, steckte ihn in den Mund und überließ es der Maus, die Dose innen so blank zu putzen wie außen.
Nachdem die Maus sich ausgiebig gestärkt hatte, kroch sie aus der Dose heraus, hockte sich zwischen Machtnix und die zweifaltige Kröte, und als sie sich dann auch noch gründlich gesäubert hatte, liefen auf einmal Tränen aus ihren Augen, und die Tränen flossen immer heftiger, je länger die Maus so dasaß und vor sich hin schaute.
»Spuck es schon aus!« Die Kröte hüstelte ein wenig peinlich berührt. »Was hast du?«
Die Tränen der Maus flossen noch reichlicher, und ihre Schnurrbarthaare zitterten so sehr, daß sie ihr Tränenwasser wie ein Gartenregner zerstäubten.
»Ist etwas mit der Nachkommenschaft?« Die Kröte war auf den Punkt gekommen. Die ohnmächtelnde Maus richtete sich auf, rang die Pfoten und wimmerte zerfließend: »Eule! Eule!«
Die Kröte schluckte gerade an einer Grille, deren eines Bein nicht hinunterwollte. »Das ist normal«, sagte sie mit einem gequetschten »Unk!« – »Verzeihung, ich meine, gefressen ist schon vergessen!«
Die Maus schüttelte unter Seufzern und Zuckungen den Kopf.
»Auch war dein Nest ziemlich provisorisch.« Das sollte wohl als heilsame Lehre dienen.
Aus dem Kopfschütteln wurde langsam ein Nicken. Die Maus hatte alles geweint, was an Tränen in ihr vorrätig gewesen war. Sie wischte sich die Augen und meinte dann fast ein wenig großspurig: »Und darum habe ich beschlossen…«
»Aus einem Gefühlsausbruch heraus beschließt man nichts.« Die Kröte konnte es nicht lassen, andere

Wesen zu belehren. Aber die Maus kehrte sich nicht daran.

»Und darum habe ich beschlossen, ich habe also beschlossen ...« sie berauschte sich förmlich an ihren Beschließungen, »nur mehr meiner Inspiration zu folgen.«

»Deiner was?« Machtnix kannte eine Menge Wörter, aber dieses war nicht darunter.

Die Maus erschrak, wie schon so oft in ihrem Leben, und konnte das Wort, das sie mit so viel Schwung und Selbstvertrauen verwendet hatte, im Augenblick nicht erklären. Sie begann damit, es umständlich zu umschreiben. »Ich habe, als ich nach dem Verlust meiner Jungen fix und fertig war« – sie fächelte sich mit gefälligen kleinen Gesten Luft zu –, »einen so aufregenden Traum gehabt, daß mein Lebensmut auf der Stelle zurückkehrte. Mir träumte nämlich von einem Wesen, einem strahlend weißen, herrlichen Wesen, und dieses Wesen blickte mich mit Blicken an, wie sie überhaupt nicht zu beschreiben sind. Und wißt ihr, was es dann zu mir sagte?«

»Wie sollten wir? Wir waren ja nicht in deinem Traum.« Die Kröte lächelte überlegen.

»Und ihr erratet es auch nicht?« Die Maus strahlte einen Teil der lichtvollen Traumerscheinung durch ihre Äuglein wieder aus.

»Mach keinen Roman daraus!« schnauzte die Kröte sie an. »Ich wette, es war ein männliches Wesen, das dir so überwältigend vorgekommen ist.«

»Möglicherweise.« Die Maus tat, als müsse sie sich erst erinnern. »Doch, ich denke ja«, fügte sie dann ein wenig gekränkt hinzu.

»Typisch für eine Maus mit einem leeren Bauch.«

Die Maus schenkte der anzüglichen Bemerkung

keinerlei Beachtung. »Und stellt euch vor, was dieses wunderbare Wesen zu mir gesagt hat …«
»Na, was wohl?!« Die Kröte verzog das Maul auf unschöne Weise.
»Such mich!« Die Maus geriet beinahe in Verzückung. »Such mich! hat es zu mir gesagt. Das kann doch nur heißen, daß es von mir weiß.«
»Papperlapapp!« Die Kröte wandte sich ab, aber die Maus war noch nicht fertig. »Und dann rief es plötzlich: STOPPT DIE ZENTRALE!«
»Was?« fragten Machtnix und die zweifaltige Kröte wie aus einem Mund. »Du hast die Botschaft auch erhalten?«
Die Maus ging nicht darauf ein. »Dann hat das wunderbare Wesen noch einmal ›Such mich!‹ gesagt, und mich angeblickt mit jenen unbeschreiblichen Blicken. Und was glaubt ihr, werde ich tun?«
Die ohnmächtelnde Maus spielte mit den Ohren, daß es nur so seine Art hatte. »Ich mache mich auf die Suche!« Dieser letzte Satz war beinahe wie ein Triller aus ihrem gespitzten Schnäuzchen gefahren.
Die zweifaltige Kröte blieb ungerührt. »Tja, dann kannst du genausogut mit uns kommen. Es ist doch egal, wo du mit der Suche anfängst.«
Die Maus verhielt einen Augenblick mit zitternden Schnurrbartspitzen, wie immer, wenn sie mit etwas nicht gerechnet hatte. »Mag sein. Irgendwo muß ich mit dem Suchen ja anfangen. Vielleicht geht ihr in die richtige Richtung.«
Machtnix konnte die Augen kaum mehr offenhalten. Es war ziemlich warm geworden inner- und außerhalb des Schattens, in den sie sich wohlweislich gesetzt hatten. Und bevor noch jemand bis drei zählen konnte, wurden sie alle von einem tiefen, ja geradezu bodenlosen Mittagsschlaf gefällt.

Sie waren viele Turnschuh weit in Richtung Kapitale vorangekommen, trotz der Umwege, die sie machten, um niemandem über den Weg zu laufen. Eigentlich war es nur Machtnix, die am Straßenrand entlang oder durch die Felder stapfte, mit der wegweisenden Kröte auf dem Kopf, während die Maus es sich im Tornister bequem gemacht hatte.
Auch noch am Nachmittag war es heißer als gewöhnlich, und man konnte den Wolken dabei zuschauen, wie sie sich zu riesigen Gewittertürmen aufbauten, die – vom Wind gejagt – gegeneinanderprallten und sich prasselnd entleerten.
Der Krieg hatte ganze Dörfer entvölkert, und die Menschen waren, von den Kämpfen in Schrecken versetzt, in alle Himmelsrichtungen geflohen oder als Kanonenfutter im Bauch des großen Garscht versackt.
Machtnix, die Kröte und die Maus hatten in einem baufälligen Schuppen Unterstand gefunden, und als ein Blitz in den gegenüberliegenden Heustadel fuhr, waren für einen Augenblick die Umrisse des Garscht am Himmel zu sehen, die sich dann erst im Lodern der Heustadelflammen wieder auflösten.
Die Kröte senkte beschämt den Kopf und mümmelte, daß man wohl nichts dafürkönne, wenn ein Abbild sich selbständig mache, und sie tat auch nicht mehr so, als sei alles unter Kontrolle, nämlich ihrer Kontrolle.
Das blinde Huhn hatte in demselben Schuppen Zuflucht gesucht – zum Glück nicht im Heustadel, an den es zuerst gedacht hatte – und erkannte Machtnix sogleich an der Stimme, während es selber so lange

von niemandem bemerkt wurde, bis es wieder ein Ei legte und dabei ein solches Gegacker anschlug, daß selbst das Gewitter ins Hintertreffen geriet.

Machtnix, die rasch begriffen hatte, was vor sich ging, schnappte sich auch dieses Ei, sobald es den Steiß des Huhnes verlassen hatte, schlürfte es auf der Stelle aus und überließ den Rest bereits aus Gewohnheit der Maus, deren feiner Sinn für alles Eßbare sie ohnehin schon in höchste Aufregung versetzt hatte.

»Wenn ihr mich fragt«, gackerte das blinde Huhn nun schon leiser, »ist es ein Wunder, daß ihr mich wiedergefunden habt, wo es doch so viele Möglichkeiten gegeben hätte, mich nicht zu finden.«

»Unter einem Wunder stelle ich mir etwas anderes vor.« Die Kröte blieb unbeeindruckt. »Schließlich haben wir dich nicht gesucht.«

»Was das Wunder nur noch überzeugender macht«, erwiderte das Huhn ein wenig kühl und schüttelte seine Federn, daß es nur so staubte.

»Schon gut, schon gut«, die Kröte schien unbedingt das letzte Wort haben zu wollen. »Wie dieser arme Hund von Dichter schon geschrieben hat: Wunder sind Wunder, und Sache bleibt Sache!«

»Und ihr?« erkundigte sich das Huhn, »wozu habt ihr euch entschlossen?«

Das Wort »entschließen« weckte die Maus aus einem ihrer ohnmächtelnden Zustände. »Ich habe mich entschlossen mitzukommen, weil ich in der Kapitale das Wesen, von dem mir geträumt hat, wohl am ehesten zu Gesicht bekomme.« Und sie fügte mit der ihr eigenen Direktheit hinzu: »Alle Wesen, die nach Höherem streben, zieht es in die Kapitale. Also wird auch mein Traumwesen dort zu finden sein.«

»Dabei weiß sie nicht einmal, wie dieses Wesen aussieht«, ätzte die Kröte.
»Weiß ich schon. Nur fehlen mir die Worte, es zu beschreiben.« Die Maus ging über vor Begeisterung.
»Was für uns auf ein und dasselbe hinausläuft. Aber wie dem auch sei, es handelt sich um Entscheidenderes.« Die zweifaltige Kröte setzte wieder zu einem Vortrag an. »Es geht um nichts Geringeres als um den Zustand der Welt. Wir haben gesehen, was wir gesehen haben.« Sie ließ das Maul halb offenstehen und wandte den Kopf, um die Anwesenden mit einem ihrer Augen voll anzusehen, und als niemand etwas dazu sagte, fuhr sie fort: »Deshalb sind wir auch bereit, uns auf den Weg zur Zentrale zu machen, mögen die anderen auch lachen.«
»Zentrale, Zentrale … Moment, da war doch was.« Das blinde Huhn kratzte sich kräftig am Ohrloch. »Mich verfolgt da eine Parole, sozusagen vom Hörensagen, STOPPT DIE ZENTRALE! Ist es das?«
»Du hast die Botschaft auch bekommen?« Machtnix glaubte langsam tatsächlich an ein Wunder. »Und? Kommst du mit?«
Das Huhn hob den Kopf. Seine ausgelaufenen Augen waren so dicht von den verrunzelten Lidern umschlossen, daß sie aussahen wie Kokarden.
»Wenn ihr mich fragt, haben wir denselben Weg. Ich gehe ohnehin nicht gerne allein, kriegsblind, wie ich nun einmal bin.«
»Hoffentlich verrätst du uns nicht mit deinem Gegacker«, sorgte sich Machtnix. »Wir müssen achtgeben, daß uns niemand erwischt. Ich möchte nämlich auf keinen Fall ins Lager zurück.«
Das Huhn legte den Kopf schief. »Aber meine Eier schmecken dir schon?!« Dann lenkte es ein. »Du mußt mir den Schnabel zubinden, wenn es wieder

soweit ist. Ich kann es nicht zurückhalten. Aber wenn du mir gleich den Schnabel zubindest, hört niemand etwas.«

Machtnix sah sich in dem alten Schuppen um. An einem Nagel hingen ein paar zerzauste Schnüre, die wahrscheinlich zum Zusammenbinden von Heu- oder Strohballen gedient hatten. Sie wickelte eine davon zu einem Knäuel und steckte sie ein.

Das Gewitter war noch nicht am Ende. Es kreiste in der Gegend, entfernte sich und kehrte wieder, um erst recht dreinzuschlagen. Das blinde Huhn hockte mit gesträubtem Gefieder da und hielt noch immer den Kopf schief, während Machtnix immer näher an es heranrückte. »Erdrück mich nicht«, schnaufte es schließlich, da an seiner Seite der Schuppen zu Ende war.

»Mir ist unheimlich«, flüsterte Machtnix und schlug die Hände vors Gesicht.

»Nur keine Panik!« beschwichtigte die zweifaltige Kröte und rückte ebenfalls näher. »Da hättet ihr einmal die Erde vor dreihundert Millionen Jahren erleben sollen. Da ging es ununterbrochen so zu. Warm und feucht war es damals, sehr warm und sehr feucht, das goldene Zeitalter der Wechselwarmen.«

Das war sogar Machtnix zuviel. »Sag bloß, du weißt, was vor dreihundert Millionen Jahren war. Oder liest du auch jeden Tag die Zeitung?« Sie wußte selbst nicht, warum ihr plötzlich das Wort Zeitung eingefallen war, aber da war es nun einmal und wirkte auch noch nach. »Mein Großvater hat jeden Tag die Zeitung gelesen, und danach hat er auch solche Sachen gesagt.« Es tat weh, etwas über den Großvater zu sagen, aber nun war es geschehen. Der Blitz mußte wiederum in der Nähe eingeschlagen haben, so rasch krachte der Donner hinter-

drein. Machtnix legte den Kopf auf die Knie und hielt sich die Ohren zu.
»Ich habe deinen Großvater zwar nicht gekannt, aber er muß ein kluger Mensch gewesen sein«, wisperte die Kröte mitfühlend.
Es regnete wie aus einer Million Gartenschläuchen, und das Wasser lief unter der abgewetzten Tür herein und floß als kleiner Bach mitten durch den Schuppen, was die Kröte sogleich dazu nutzte, ihr längst fälliges Bad zu nehmen, während Machtnix mitsamt den anderen Tieren und ihrem Tornister auf die Werkbank übersiedelte. An ein Weiterwandern war unter diesen Umständen ohnehin nicht zu denken, und so legten sie sich alle aufs Ohr, um eine Mütze voll Schlaf zu nehmen, damit sie wirklich ausgeruht waren, wenn der Regen aufgehört hatte. Sie mußten von nun an vorsichtiger denn je sein, da sie bereits zu viert und daher noch auffälliger waren.

KLEIN-GOTTFRIED FÄLLT AUS ALLEN WOLKEN

Sie waren die ganze Nacht gewandert und hatten eine der Vorstädte der Kapitale erreicht, die, aus früheren Dörfern entstanden, noch immer ein wenig wie ein Dorf aussahen, nur daß es keine Felder mehr hinter und zwischen den Häusern gab, sondern hinter und zwischen den Häusern waren immer noch mehr Häuser, und selbst die Gärten lagen höchstens in Kragengröße um das Haus herum und bestanden aus einer dünnen Nadelhecke, einer Blumenrabatte und einem Zierpflaumenbaum.
Es stank atemberaubend nach verbranntem lackier-

tem Holz. Die Häuser waren zum Teil eingestürzt und die Menschen, die in ihnen gewohnt hatten, in andere Stadtteile geflohen oder tot, jedenfalls ließ sich kein Schwein blicken.
Gerade als sie überlegten, in welcher der Ruinen sie sich tagsüber verstecken sollten, hörten sie einen Sirenenton aufsteigen, und bevor sie noch irgend etwas tun konnten, röhrte eine fliegende Tonne über sie hinweg, die einige kleinere Brocken im Abstand von etwa hundert Metern fallen ließ.
Da vernahmen sie eine Stimme, die »Halleluja, ich komme, halleluja!« rief, und sie sahen einen Gegenstand in Zigarrenform auf sich zustürzen. »Aus der Bahn, aus der Bahn!« rief die Stimme obendrein, aber Machtnix, die auch noch das blinde Huhn auf dem Arm trug, die Maus im Tornister und die Kröte auf dem Kopf, konnte nichts anderes tun, als einen Schritt zurückzuweichen, damit der Gegenstand nicht unmittelbar auf sie drauffiel. Doch während die anderen Dinger in entsprechender Entfernung zerbarsten und sie den Aufprall als Druckwelle, die sie beinah umriß, zu spüren bekam, geschah vor ihren Füßen nichts, außer daß ein länglicher, stahlgrauer Zigarrenstummel sich ein Stück in die Erde gerammt hatte.
Eine Weile blieb es mucksmäuschenstill. Dann begann das Huhn sich ein wenig zu plustern, und als es noch immer still blieb, wollte es auf den Boden hinunter, ebenso die Kröte, und als Machtnix den Tornister abnahm, schlüpfte auch die Maus heraus. Machtnix hatte in ihrem Schreck wohl das Huhn und den Tornister zu fest an sich gedrückt. Alle schüttelten, reckten und streckten sich erst einmal, und dann wollten sie sehen, was denn das war, das da leicht zerbeult, aber ansonsten heil vor ihnen in

der Erde steckte. Und gerade als sie sich alle ein wenig nach vorn beugten, ließ die Stimme von vorhin sich wieder vernehmen, wenn ihr auch aller Schwung abhanden gekommen war. »Was für eine Schande! Was für eine Demütigung! Was für ein fürchterliches Versagen!« jammerte sie kleinlaut.

»Wer bist du denn überhaupt?« wollte das blinde Huhn wissen, das sich unter der Stimme nichts rechtes vorstellen konnte.

»Was für eine Blamage!« fuhr die Stimme fort, »so ein Flop! So ein unsäglicher Flop!«

»Wer du bist, habe ich dich gefragt.« Das Huhn hatte so seine Art, bei der Sache zu bleiben. »Nicht was passiert ist, das kommt danach.«

»Und das alles noch vor Publikum. Welche Schmach! Ich gebe am besten den Geist auf.«

»So du einen hast«, erwiderte die zweifaltige Kröte ziemlich unwirsch.

Aber da meldete sich schon wieder das Huhn zu Wort. Es war leicht erregbar, da es bald ein Ei legen würde. »Kein Wunder, daß du Probleme hast, wenn du mich fragst. Deine Rüpelhaftigkeit, deine Art, Fragen nicht zu beantworten …«

»Meine was?« Der Zigarrenstummel schien nur langsam zu begreifen, was man von ihm erwartete.

»Also raus mit der Sprache.« Das blinde Huhn wollte es nun endgültig wissen. »Wer bist du?«

»Ich?« stotterte das eingedepschte Ding. «Wer ich bin? Ich dachte, man würde es mir auf den ersten Blick ansehen.«

»Es gibt Wesen«, das Huhn wurde ziemlich spitz, »die haben weder einen ersten noch einen zweiten Blick.«

Das Ding schniefte ein wenig und erklärte dann unsicher: »Also vor zehn Minuten hätte ich noch etwas

anderes gesagt, aber jetzt ist wohl klar, daß ich ein Blindgänger bin.«
»Ein was?« fragten alle wie aus einem Mund.
»Wie ihr bemerkt habt, bin ich nicht verglüht. Der ganze Sinn meiner Existenz aber hat darin bestanden, mich wenigstens diesmal in Feuer und Helligkeit aufzulösen, damit die einzelnen in mir gefangenen Lichtpartikel ins große Licht zurückkehren können, ohne die Schwere der Materie ...«
«Also das ist selbst mir zu hoch«, erklärte die zweifaltige Kröte, und das blinde Huhn meinte trocken: »Erzähl du uns nicht, was eine Bombe ist!«
Aber der Blindgänger war nun einmal in Fahrt gekommen. »Ich, Wesen aus der Tiefe des Stoffes, wollte nichts als verglühen. Doch auch diesmal war es mir nicht vergönnt. Meine festen Teile, all das Metall um mich herum, halten mich zurück in dem Jammertal, aus dem ich in immer anderer Gestalt zu entkommen versuche.«
»Jammer hin, Jammer her«, schaltete die Maus sich ein, »du hättest einige mit dir zum Verglühen gebracht, die gar nicht verglühen wollten. Deine Wünsche in Ehren, aber sie sind untragbar.«
»Das Heil liegt im Verglühen, glaubt mir. Ich hätte auch diejenigen, die mit mir verglüht wären, zurück ins Licht geführt.«
»Moment!« Die zweifaltige Kröte hüpfte im Stand auf und ab. »Ich glaube, hier liegt ein Bombenmißverständnis vor. Natürlich geht irgendwann einmal alles in seinen Ursprung zurück, aber du nimmst die Dinge zu wörtlich, mein Lieber.«
»Klein-Gottfried«, stellte sich der Blindgänger vor. Offenbar hatte er von Haus aus Manieren und nur vor lauter Jammern darauf vergessen gehabt. »Aber es steht doch geschrieben«, klammerte sich der Blind-

gänger Klein-Gottfried beharrlich an seine Idee vom Verglühen.
»Du liebe Zeit!« Die Kröte verdrehte die Augen. »Es steht eine Menge geschrieben. Aber das Wort heißt nicht die Schrift, und die Schrift heißt nicht die Wahrheit. Die Wahrheit ist, daß die Dinge nicht so schnell verglühen, wie man sie erhitzt. Natürlich gehen wir dahin zurück, woher wir gekommen sind, aber jede Kaulquappe weiß, daß wir aus dem Wasser stammen.«
Machtnix wurde noch immer nicht schlau aus dem Ganzen, aber auch sie wußte ziemlich genau, was eine Bombe war, und darum fragte sie nach dem, was sie am meisten interessierte. »Kannst du denn noch hochgehen, Klein-Gottfried?«
Die anderen schwiegen mit einemmal allesamt, und Klein-Gottfried, der Blindgänger, versuchte ein wenig hin und her zu rucken.
»Glaub ich kaum. Da müßte ich schon von wo herunterfallen oder etwas ziemlich Schweres müßte auf mich stürzen.« Er schluchzte trocken. »Die Schamröte sollte mir aufsteigen, wenn die Schamröte mir aufsteigen könnte. Ich darf gar nicht daran denken. All das Zeug in mir ... dazu ein Aufprall, daß ich dachte, mir birst der Mantel, und dann nicht einmal ›puff!‹. Eine Blamage, wie sie im Buch steht.«
»Hör schon auf mit Büchern«, ließ die zweifaltige Kröte sich vernehmen. »Alles ist schon einmal in einem Buch gestanden, glaub es oder glaub es nicht, das sagt gar nichts. Man hat dich offenbar schlampig gefüllt, das ist alles.«
Klein-Gottfried schnupfte, und da sonst niemand etwas sagte, sah er sich zu einer weiteren Erklärung genötigt. »Eigentlich wollte ich diesmal ganz etwas anderes werden. Eine Sichtfensterverglasung am

Hochofen zum Beispiel. Da hätte ich zeitlebens in die Glut schauen können, ohne daß man mehr von mir erwartet hätte. Aber wer fragt einen schon. Man wird als das, was aus einem gemacht wurde, in die Welt geworfen und kann sehen, wo man bleibt. Erst recht, wenn man seinen Zweck nicht erfüllt hat. Es ist ein Jammer.«

»Mit dem Glühen hast du es wohl?« Die Maus gab sich verbindlich. »Na ja, es kann eben keiner aus seiner Haut.«

»Und ihr?« fragte Klein-Gottfried höflich, »was ist euer Zweck, und wie kommt ihr damit zurecht?«

»Wenn du mich fragst«, antwortete das blinde Huhn vorschnell: »STOPPT DIE ZENTRALE!«

»Wir sind unterwegs, um zu verhindern«, führte die Kröte weiter aus, »daß die da oben« – sie deutete in Richtung Stadtkern, wo langsam die Wolkenkratzer aus dem Morgennebel stiegen – »nur mehr tun, was ihnen gerade Fürchterliches einfällt, ohne an die Folgen zu denken. Und alles hat Folgen, wie man aus der Entstehungsgeschichte weiß.«

»Wie wollt ihr das anstellen?« Klein-Gottfried fragte, ohne mit der Wimper zu zucken, denn er hatte ja auch gar keine Wimper, mit der er hätte zucken können.

Machtnix, die zweifaltige Kröte, die ohnmächtelnde Maus und das blinde Huhn schauten einander an, das heißt, das Huhn wandte nur den Kopf in ihre Richtung.

»Das war die Botschaft, die wir erhalten haben.« Machtnix bohrte mit der Spitze ihres Turnschuhs ein Loch in den Weg, den sie gehen wollten.

»Klang irgendwie überzeugend.« Die zweifaltige Kröte schien ein wenig verunsichert. »Also haben wir uns auf den Weg gemacht.«

Klein-Gottfried ließ nicht locker. »Trotzdem, wie? Habt ihr einen Plan?«
Niemand antwortete.
»Oder ist euer Plan so geheim, daß ihr nicht antworten könnt?« Die zweifaltige Kröte schaute Machtnix an, und Machtnix schaute die zweifaltige Kröte an, die erleichtert nickte. »Ziemlich geheim, wenn du verstehst, was ich meine. Vielleicht erzählen wir dir später davon, vorausgesetzt, du kommst mit. Kommst du mit?«
»Warum nicht?« seufzte der Blindgänger. »Mir kann es egal sein, auf welcher Seite ich stehe, wenn ich schon meinen Zweck verfehlt habe.«
»Bist du imstande, dich zu bewegen?« Machtnix, die schon die Kröte, die Maus mitsamt dem Tornister und gelegentlich auch das Huhn geschleppt hatte, wollte sichergehen, daß da nicht noch Schwereres auf sie zukam.
»Wenn ihr mir aufhelft, müßte es gehen. Ich habe da so eine Feder eingebaut.«
Machtnix mußte sich alleine damit abplagen, Klein-Gottfried auf die Sprünge zu helfen. Als es soweit war, wurde eher ein Hopsen daraus. Aber das reichte vorderhand bis zu dem Haus, in dem sie sich tagsüber verstecken wollten.
Machtnix suchte nach ihrer Klebstofftube, um sich ein wenig zu beruhigen. Schließlich war Klein-Gottfried eine echte Bombe gewesen, aber wie sich herausstellte, war die Tube so leer, wie sie nur leer sein konnte.
»Entschuldige«, mümmelte die Kröte schuldbewußt, »ich wollte nicht alles nehmen, aber ich hatte neulich solche Schlafstörungen.«
»Macht nix«, sagte Machtnix zum ersten Mal wieder, und darüber konnte selbst die Kröte lachen.

»Ihr müßt nur achtgeben, daß mich niemand stiehlt.« Klein-Gottfried hopste, so gut es ging.
»Warum sollte ausgerechnet dich jemand stehlen?« Die Maus rieb sich die Schnurrbarthaare.
»Außer euch weiß doch niemand, daß ich ein Blindgänger bin. Ich stelle einen nicht zu knappen Wert dar. Man kann mich leicht verkaufen. Aber um mich verkaufen zu können, muß man mich haben.«
»Tagsüber gehen wir ohnehin in Deckung. Wir können es uns nicht leisten, frühzeitig enttarnt zu werden«, sagte die zweifaltige Kröte wichtigtuerisch. »Also wird erst einmal Quartier gemacht.« Die Maus war diejenige, die auszukundschaften hatte, ob der Unterstand auch sicher genug wäre. Sie lief los und kam nach einer Weile aus einem der zerstörten Häuser zurück, das seinen Oberstock eingebüßt hatte, aber das Parterre schien noch einigermaßen in Ordnung, auch wenn man stellenweise den freien Himmel sah, wie die Maus berichtete.
Sie gingen durch den Garten, in dem noch die Reste eines Gartenhauses glosten, und schlüpften dann ins Haus. Gleich neben dem Eingang gab es sogar ein Badezimmer, worüber Machtnix und die Kröte sehr froh waren. Doch gerade als sie es sich im Wohnzimmer ein wenig bequem machen wollten, kam aus der Küche ein besoffenes Schwein, das mit dem Fuß in einer Bierdose steckte. Es leckte immer wieder an dem Schaum, der aus der Dose hervorquoll, und klang, als hätte es eine Prothese, während es ein Stückchen näherhumpelte. Es war schon ziemlich angetrunken, was aber noch lange kein dummes Schwein aus ihm machte. »Ich bin das Zeug nicht gewöhnt«, rülpste es, nachdem es wieder an dem Schaum geleckt hatte. Alle starrten auf die Bierdose. »Pardon! Anders hätte ich sie nicht aufge-

bracht.« Das besoffene Schwein setzte sich auf seine beiden Schinken und betrachtete sie mit glasigem Blick. »Gemischte Gesellschaft, was? Oder sehe ich schlecht?«
»Du siehst nicht schlecht«, sagte Klein-Gottfried mit heller Stimme. »Wir haben uns zusammengetan, um die Zentrale zu stoppen.«
Das besoffene Schwein schaute verdutzt und wackelte mit den Ohrenspitzen.
»Das ist eine längere Geschichte«, erläuterte die zweifaltige Kröte bedeutungsschwanger, »vielleicht erzählen wir sie dir einmal. Aber erst müssen wir uns ausruhen, wir sind die ganze Nacht gewandert.«
So stimmte das natürlich nicht. Nur Machtnix war die ganze Nacht gewandert, und sie war es auch, die jetzt zum Wesentlichen kam. »Gibt es hier noch etwas zu essen?«
Das besoffene Schwein deutete in Richtung Küche. »Die haben einiges zurückgelassen bei ihrem überstürzten Abgang.«
Machtnix, das Huhn und die Maus verschwanden sogleich nebenan.
Das Schwein hatte zwar schon ziemlich gewütet – beinahe alle Lebensmittelpackungen waren aufgerissen –, aber hungrig, wie sie waren, schien es ihnen schon ein großes Glück, daß sie überhaupt etwas fanden, auch wenn das Toastbrot angegnatscht und die Marmelade zermanscht war. Im Kühlschrank gab es sogar Wurst und Käse. Machtnix strich sich den Bauch vor Freude, aber gerade als sie sich ein paar Brote zurechtgemacht hatte, heulte eine Sirene mehrmals hintereinander auf, und was das bedeutete, wußten sie mittlerweile längst.
»Wir müssen sofort in den Keller.« Das Schwein zeigte sich plötzlich sehr besorgt. Es taumelte ein wenig

und machte mehr Krach als nötig mit seiner Bierdosenprothese, aber es ließ nicht locker, bis sie alle die Treppe runter waren, einschließlich Klein-Gottfrieds.

Es war ein kleiner Keller, in dem es ein wenig modrig roch, aber sie waren hier doch geschützter. Machtnix hatte im Vorzimmer eine Taschenlampe entdeckt und leuchtete nun den Keller aus. Es gab da eine kleine Bank und ein Tischchen, so als habe da schon öfter jemand Schutz gesucht.

Das besoffene Schwein bat Machtnix, es von der Bierdose zu befreien, es war ohnehin nichts mehr drinnen, aber so leicht ging das gar nicht, nicht ohne Verrenkungen und blutige Kratzer. Das Schwein spürte dennoch kaum etwas, hatte es doch ein paar Vorräte erschnüffelt, und kaum war die Dose ab, stürzte es in den zweiten, noch ein wenig finstereren Keller, und von da an konnte man es nur noch wühlen und röcheln, schmatzen und stöhnen hören. Als es endlich wieder zum Vorschein kam, schrie es beinahe vor Wonne. »Rüben, Erdäpfel, Kohlköpfe und dazu ein ganzes Regal voller Weinflaschen. Herz, was begehrst du mehr?«

»Ich dachte, du würdest mitkommen«, bemerkte das blinde Huhn, und die Enttäuschung war ihm anzuhören. Es hatte sich bereits ausgemalt, wie es gelegentlich auf dem Schweinerücken sitzen würde und nicht bloß auf Machtnix' Arm. Das Schwein hatte sich wieder zu ihnen gesetzt und ließ traurig den großen Kopf auf die kleinen Vorderbeine fallen. „Das geht nicht. Sie würden mich sofort auffressen. Wenn es nach denen da draußen ginge, wäre ich längst tot, doch ich hatte Gelegenheit abzuspringen. Und in diesem Versteck und mit diesen Vorräten schaffe ich es noch ein paar Wochen.«

»Gefressen ist schon vergessen«, flüsterte die zweifaltige Kröte. Zum Glück hörte das Schwein es nicht.
»Du willst ganz allein hier bleiben?« Machtnix konnte es nicht fassen. Das Schwein nickte traurig. »Ganz allein. Um über die ganze Schweinerei nachzudenken. Wie wir uns nur darauf haben einlassen können …«
»Auf was?« Die Maus fragte wie immer, ziemlich geradeheraus.
Das besoffene Schwein blickte an seinem Speck hinunter und strich sich liebevoll die Schweinshaxen. »Du brauchst mich nur anzusehen, um zu wissen, wovon ich rede. Mast! Mast ist der Schlüssel zur Misere! Mast, deren Grundlage Sucht ist. Das eine bedingt das andere und umgekehrt. Einmal gefangen im Kreislauf, gibt es kein Entrinnen mehr.« Das Schwein klopfte sich auf die feisten Schenkel und fügte sarkastisch hinzu: »Ein leerer Sack steht nicht, mein Schatz!«
Machtnix war mit ihren Broten noch nicht fertig, als eine Explosion den kleinen Tisch zum Tanzen brachte.
»Zirka fünfzig Meter Entfernung, mittlere Sprengkraft, eine Klein-Mira zweifelsohne.« Niemand hatte ihn danach gefragt, aber Klein-Gottfried tickte die Daten her, als sei er darauf programmiert. »Ihr braucht euch nicht aufzuregen, Klein-Miras sind nichts Besonderes, und für uns ein bißchen zu weit weg.«
»Und wenn das nächste Klein-Dings auf uns drauffällt?« Die zweifaltige Kröte hüpfte aufgeregt hin und her, während Machtnix, das Huhn und die Maus unter den Tisch krochen.
»Hah!« machte Klein-Gottfried triumphierend, »da schlüge meine Stunde, mit Pomp. Ich würde mit

meiner ganzen Sprengkraft zurückstoßen, und wir würden im doppelten Lichte verglühen.«
»Schöne Aussichten!« Das besoffene Schwein stieß auf und mampfte den Rest von Machtnix' Broten.
»Wenn ich noch einmal etwas vom Verglühen höre, platze ich«, japste die Kröte. Niemand hatte sie je zuvor so wütend gesehen. »Wenn du schon solche Gelüste hast, hau ab. Mach dich auf ans Ende der Welt und dort hüpf von mir aus in den Abgrund! Da kannst du dann verglühen, soviel du willst. Aber hier und in unserer Gesellschaft hat es sich ein für alle Male ausverglüht, glaub es oder glaub es nicht! Entweder du marschierst ans Ende der Welt oder du hältst den Mund vom Verglühen.«
»Entschuldigung«, erwiderte Klein-Gottfried kleinlaut. »Ich sage ja gar nichts mehr, aber das mit dem Ende der Welt geht nicht.«
»Was soll daran schon wieder nicht gehen?« Die Kröte war noch immer aufgeregt.
»Entschuldigung, aber es gibt kein Ende. Die Erde ist rund, und darum gibt es auch keinen Abgrund, in den ich hinunterspringen könnte. Von der Erde weg, heißt immer nur hinauf.«
»Ob hinauf oder hinunter ist doch egal. Hauptsache, es wird nicht verglüht, solange nicht alle es wollen«, bemerkte das blinde Huhn in seiner bekannt trockenen Art.
Wieder heulte die Sirene, wenn auch diesmal mit einem anderen Ton.
»Entwarnung«, rülpste das besoffene Schwein, »ihr könnt nach oben gehen.«
»Und du?« Machtnix mochte das Schwein, und es tat ihr leid, daß es so melancholisch war und seinen Kummer immerzu ersäufen mußte.
»Pardon! Ich bekomme gerade einen Schlafkollaps«,

röchelte es und gähnte, daß es ihm beinah die Kiefer aus der Verankerung drückte. Das blinde Huhn war mittlerweile unruhig geworden, und als Machtnix begriff, was los war, war es bereits in jenes markdurchdringende Triumphgegacker ausgebrochen, das dem Erscheinen eines Eis vorauszugehen pflegte. Rasch band Machtnix ihm den Schnabel zu. Vergebens. Es hatte sie schon verraten.

WO DIE BOTSCHAFT HERKAM

Erst als sie sich öffnete, war die kleine Tür in der Kellerwand zu sehen, aus der nun ein ganzer Trupp Ratten quoll. Zwei davon stürzten sich auf das noch warme Ei und brachten es ihrem Anführer, einer großen weißen Ratte, in deren Kopf so etwas wie eine Krone steckte. Und so schnell konnte Machtnix gar nicht schauen, wie das Ei geknackt und ausgeschlürft war.

»Hallo!« rief Machtnix in einem Ton, der weniger nach Begrüßung als nach Protest klang.

»Eine Laborratte!« Die zweifaltige Kröte verfügte tatsächlich über erstaunliche Kenntnisse. »Wahrscheinlich eine ehemalige Laborratte. Man hört gelegentlich davon. Die Reste der Sonden stecken noch in ihrem Kopf, sieh nur!«

Was aber die ohnmächtelnde Maus angeht, so konnte sie nur noch »mein Traum!« stöhnen, dann fiel sie platt auf den Rücken und blieb eine Weile so liegen.

»Das fehlt mir gerade noch, weiße Mäuse...« Das besoffene Schwein schloß krampfhaft die Augen, worauf es sogleich zu schnarchen begann.

Das blinde Huhn hackte mit seinem zugebundenen Schnabel nach allen Seiten, bis Machtnix sich einer erbarmte und es von seinem Maulkorb befreite. »Sag einer mir, was los ist, wer sich diesmal mein Ei geschnappt hat.« Es drehte den Kopf von der einen zur anderen Seite, um die Sauggeräusche räumlich zu empfangen. »Ich rieche, rieche Rattenschweiß ...« Die große weiße Ratte wischte sich Schnurrbart und Mundwinkel und richtete sich ein wenig auf. »Oberratt«, sagte sie. »Ich bin der Oberratt, kapiert?! Und das hier ist mein Einflußbereich.« Die ohnmächtige Maus, die noch immer auf dem Rücken lag, öffnete kurz die Augen und hauchte: »Hab ich dich endlich gefunden, du wunderbares Wesen, das mir im Traum erschienen ist?!«

»Kann sein«, bemerkte der Oberratt, während er zweien aus seiner Leibgarde ein Zeichen gab, Klein-Gottfried in Augenschein zu nehmen.

»Wir haben eine Reihe von Botschaften, besser gesagt Hilferufen«, er lächelte kurz und beinah sympathisch, »ausgeschickt. Seit wir faxen können, ist das Verschicken schwänzischer Botschaften ein Rattenspiel, wenn auch mit ungewissem Ausgang. Darum verwenden wir, um sicher zu gehen, auch noch Gedankenübertragung, eine ebenfalls nicht ganz zuverlässige Methode, kapiert?! Einiges davon scheint ja angekommen zu sein, bemerkenswerterweise ...«

»Bemerkenswerterweise bei mir, wenn das nicht Schicksal ist!« Und schon fiel die Maus wieder in ihre Ohnmacht zurück, oder zumindest hatte es den Anschein, da sie weiterhin mit geschlossenen Augen auf dem Rücken liegen blieb.

Die beiden Ratten, die Klein-Gottfried beschnüffelt hatten, flüsterten dem Oberratt etwas ins Ohr, worauf dieser das Gesicht verzog. Dann wandte er sich an Machtnix, nachdem er auch die Kröte kurz gemustert hatte. »Woher, ich meine, aus welcher Zeit, kommt ihr?«

Machtnix hockte sich nieder, um mit dem Oberratt bequemer sprechen zu können. »Aus welcher Zeit? Wir sind von weit her in Richtung Kapitale gewandert.«

»Genau das meine ich. Ein Mensch, der von weit her zu Fuß hierher gewandert ist, kommt aus einer anderen, um nicht zu sagen aus der Urzeit, kapiert?! Du bist doch ein Mensch?«

Machtnix blickte an sich hinunter. Es ließ sich nicht leugnen, obgleich sie nicht besonders scharf darauf war, diese Seite ihres Wesens hervorzukehren. »Machtnix«, sagte sie und »kann nix dafür.«

»Oberratt«, stellte die Ratte mit der Krone sich noch einmal vor. »Und daß du ein Mensch bist, noch dazu ein Menschenkind, macht sehr wohl etwas. Wir hatten kaum zu hoffen gewagt, daß wir je ein Kind auf unserer Seite haben würden.«

»Auf was für einer Seite?« Machtnix war verwirrt.

»Das erklären wir euch schon noch.«

»Was ist so Besonderes an einem Kind?« Die Maus fragte ohne Übergang geradewegs aus ihrer Ohnmacht heraus.

Die rubinroten Augen des Oberratt funkelten. »Kinder haben Hände, kapiert?!« Er wandte sich wieder an Machtnix. »Ich hoffe, du kannst die deinen gebrauchen.«

Machtnix, die noch immer die Schnur, mit der sie dem blinden Huhn den Schnabel zugebunden hatte, in Händen hielt, verknüpfte die beiden Enden und machte in Windeseile eine Katzenwiege daraus, die sie dem Oberratt als Beweis unter die Schnauze hielt.

»Bestens.« Der Oberratt nickte anerkennend.
»STOPPT DIE ZENTRALE!« rief die zweifaltige Kröte wie in einer momentanen Erleuchtung. »War das eure Botschaft?«
Der Oberratt nickte. »Wir haben es mit einer ganzen Reihe von Botschaften probiert, aber das scheint diejenige zu sein, die am häufigsten angekommen ist.«
»TRITT IN DIE PEDALE!« rief das blinde Huhn, und Klein-Gottfried schrie: »AUF ZUR GROSSEN RANDALE!«
»Mir bist du leibhaftig im Traum erschienen«, flüsterte die ohnmächtelnde Maus.
Der Oberratt nickte befriedigt.
»Und warum das alles?« Das blinde Huhn hatte etwas übrig für Hintergründe.
Der Oberratt schüttelte sich. »Habt ihr denn nichts bemerkt unterwegs?«
»Bescheuerte Lage insgesamt«, gab die zweifaltige Kröte sachlich zu. »Unendlich bescheuerte Lage insgesamt und im ganzen Land.« Gleich darauf ließ sie sich mit ihrer alten Klage vernehmen. »Aus diesen meinen Laichschnüren, aus diesen meinen ureigenen Laichschnüren …«
»Ahem!« Der Oberratt betrachtete die Kröte immer aufmerksamer. »Die zweifaltige Kröte?« fragte er dann ehrfürchtig.
»*Dem Krottok*«, rief da die Kröte und trompetete geradezu, »und *Bufo-ma-bufo*, die Mutter aller Kröten in einem. Doppellebig, wechselwarm und noch immer auf der Erde.« Der Oberratt und seine Bande verneigten sich tief.
»Was für eine Überraschung! Ich dachte, die zweifaltige Kröte käme nur in der Entstehungsgeschichte vor. Was für ein Tag!« Und der Oberratt ließ sich ge-

radezu auf den Bauch fallen, um seiner Verehrung Ausdruck zu verleihen.
»Tut gut, tut gut«, flüsterte die Kröte, und Machtnix tätschelte ihr den Rücken.
Aber schon waren die Ratten wieder bei der Sache und hockten um den Oberratt herum, der sich aufgerichtet hatte. »Die Lage wird umso katastrophaler, je weiter man in die Stadt kommt. Ihr werdet es am eigenen Leib erfahren. Es muß etwas geschehen, wenn wir nicht wollen, daß alles über unsere Köpfe hinweg passiert.«
»Was ist eigentlich die Zentrale?« Machtnix hatte die Schnur nach einigen komplizierten Entknüpfungen wieder in ihren ursprünglichen, losen Zustand versetzt. »Ich meine, STOPPT DIE ZENTRALE! klingt ganz gut, aber was bedeutet es wirklich?«
»Bringt mich zur Explosion, und alles ist gestoppt!« flüsterte Klein-Gottfried, doch niemand ging darauf ein.
»Interessante Frage!« Der Oberratt brachte es fertig, sich so schnell und so heftig zu kratzen, daß der Floh, der ihn gepeinigt hatte, ab- und auf eine andere Ratte aufsprang.
»Die Zentrale«, fuhr er bedächtig fort, »das sind die Dinger, die den Betrieb übernommen haben.«
»Was für Dinger?« Das blinde Huhn hatte als einziges den ängstlichen Unterton herausgehört.
»Dinger, die so tun, als wären sie lebendig wie wir. Sie sehen, sie hören, sie reden, und sie können rechnen.«
»Rechnen?« Machtnix streifte eine unangenehme Erinnerung an einen ungeheizten Raum, in dem sie zusammen mit anderen Kindern gesessen und auf eine schwarze Tafel gestarrt hatte, auf die eine erwachsene Person mit weißer Kreide Ziffern schrieb. »O je«, meinte sie, aber der Oberratt war noch nicht

fertig. »Und sie merken sich alles und vergessen nichts von dem, was sie einmal gewußt haben, kapiert?!«

Die ohnmächtelnde Maus seufzte, so laut sie konnte, und tatsächlich schenkte ihr der Oberratt einen Blick, der sie gleich wieder für ein paar Minuten wegtreten ließ.

»Wie ich sie kenne, können es nur die Menschen gewesen sein, die auf so etwas wie die Dinger gekommen sind.« Die zweifaltige Kröte klang ziemlich niedergeschlagen. »Also ist es Sache der Menschen, mit den Dingern zu Rande zu kommen.«

»Deinen Scharfsinn in Ehren, o du zweifaltige Kröte!« Der Oberratt verneigte sich kurz. »Aber die Sache ist die, daß die Menschen die Kontrolle verloren haben. Und ich fürchte, sie haben es noch nicht einmal bemerkt. Also spielen die Dinger die Welt, und über kurz oder lang sind sie die Welt.«

»Und wovon leben sie?« Es war das blinde Huhn, das an das Nächstliegende dachte. »Wenn ihr mich fragt, müssen sie, auch wenn sie nur so tun, als lebten sie, etwas haben, das es ihnen möglich macht, so zu tun, als lebten sie.«

Der Oberratt fummelte an den Resten seiner Sonden, die, auch wenn man wußte, daß es Sonden waren, noch immer wie eine Krone wirkten. »Als ich im Labor war, war öfter die Rede von den Dingern gewesen. Wir hatten natürlich auch welche, kleinere, primitivere, kapiert? Und da hieß es immer, daß sie Saft brauchten.«

»Saft? Was für Saft?« Machtnix glaubte plötzlich eine Spur von Himbeersaft zu riechen, leider verging dieser Geruch sofort wieder.

»Das sollten wir eben herausfinden.« Der Oberratt entkrauste seinen Schnurrbart.

»Und wenn wir es herausgefunden haben, müssen wir zusehen, daß die Dinger keinen Saft mehr kriegen, stimmt's?« Das blinde Huhn war von beispielhaftem Hausverstand. Alle nickten und dachten für einen Augenblick, daß damit das Problem gelöst sei.
»Wer sagt denn, daß die Dinger die Welt nicht besser spielen als die Menschen?« Klein-Gottfried hopste aufgeregt einen Schritt nach vorn. »Ich meine, ihr alle habt eure Chance gehabt. Jetzt sind vielleicht die Dinger dran. Und ihr werdet sehen, wie alles gleich heller wird. Heller und schneller! Ein Sieg des Lichts über die Finsternis. Und am Ende geht alles so schnell, daß wir selbst zu Licht werden.«
Die zweifaltige Kröte schwoll blitzartig an und schrie: »Fängst du schon wieder an mit dem Verglühen? Hab ich es dir nicht schon oft genug gesagt? Wir wollen auf der Erde bleiben und in Ruhe unser Leben leben. Da schadet das bißchen Finsternis ganz und gar nicht. Wenn du je bei Nacht in einem warmen Tümpel Hochzeit gehalten hättest, würdest du äußerstenfalls verschlammen, aber nie und nimmer verdampfen wollen.«
»Hoch-Zeit?« Klein-Gottfried schien keine Ahnung zu haben, wovon die Kröte sprach. »Laß den Tümpel weg, und ich denke, es ist etwas, was mir Spaß machen könnte. Hoch ist soviel wie hinauf, und die Zeit beschleunigt sich von selber, also wird Geschwindigkeit daraus. So rasch wie möglich nach oben. Das ist ganz nach meinem Geschmack.«
Die Kröte seufzte abgründig. »Glaub es oder glaub es nicht, du bist ein Doofkopf!«
»Ein was?« Klein-Gottfried hopste noch einen Schritt nach vorn, aber die Kröte winkte ab. »Vergiß es!«
»Warum sprichst du nicht Klartext mit mir?« Klein-Gottfried war gekränkt. Der Oberratt spitzte die Oh-

ren. »So reden die Dinger miteinander. Ich erinnere mich, wie der eine Mensch zum anderen sagte, während sie an den Dingern rummachten: ›Sie verstehen nur Klartext. Du mußt Klartext eingeben.‹«
Das besoffene Schwein schnarchte mittlerweile so laut, daß sie kaum das eigene Wort verstehen konnten. »Wir brechen besser auf«, schlug der Oberratt vor, »das heißt, wenn ihr wirklich mitmachen wollt.«
»Hurra, das klingt ja nach Abenteuer, ganz wie in den alten Zeiten!« rief die Kröte als *Dem Krottok*, obwohl deutlich war, daß sie auch als *Bufo-ma-bufo* etwas dazu zu sagen gehabt hätte, es aber hinunterschluckte und dabei blieb, daß sie mitkommen wollte.
Auch Machtnix, das blinde Huhn und die ohnmächtelnde Maus waren bereit. Sie hatten von Anfang an dem Aufruf STOPPT DIE ZENTRALE! Folge geleistet, auch als sie noch nicht wußten, was es mit der Zentrale wirklich für eine Bewandtnis hatte. Aber genaugenommen wußten sie es jetzt ja auch nicht.
Niemand fragte Klein-Gottfried, der sich deshalb kränkte. Da gab er sich einen Stoß. »Ich weiß, ihr denkt, ich gehöre auch zu den Dingern, trotz der unendlichen Lichtfunken in mir. Aber vielleicht kann ich euch gerade deshalb von Nutzen sein. Wo ich doch diesmal erst in eurer Gesellschaft zum Sprechen erwacht bin. Und wenn ich schon ein Blindgänger sein muß, der seinen Zweck verfehlt hat, kann ich auf diese Weise vielleicht einen neuen Zweck finden.«
»Schon gut«, gab die zweifaltige Kröte nach, »du kannst ruhig mitkommen, mit oder ohne Zweck.«
Der Oberratt riet ihnen, so viel Proviant wie möglich in Machtnix' Tornister zu stopfen. Man könne nie wissen, wie es in der Stadt mit der Versorgung

klappte. Die Ratten würden sie durch den Abwasserkanal zu einem Ausstieg bringen, von wo aus sie dann ihren Weg allein finden müßten, bis man in Erfahrung gebracht hätte, wie man am besten zur Zentrale, und erst recht, wie man am besten in sie hineinkommen könne, ohne entdeckt zu werden.
»Wir Ratten sind überall!« Der Oberratt hob stolz den Kopf. »Das heißt aber nicht, daß wir nicht entdeckt werden können, kapiert?! Bei all den Vorurteilen der Menschen gegen uns ist es sehr wahrscheinlich, daß sie einiges davon an die Dinger weitergegeben haben. Sogar Kopf und Kragen würde ich darauf setzen.«

WIEDER UNTERWEGS

Der Kanal führte knietiefes übelriechendes Kloakenwasser, und es dauerte, bis sie sich an die Düsterkeit, die nur an wenigen Stellen von einfallendem Licht durchbrochen war, gewöhnt hatten. Sie gingen hintereinander am schmalen, trockenen Ufer entlang, wobei die Maus diesmal nicht im Tornister, sondern in Machtnix' Schlüsselbeingrube reiste, um ihren Traum, den Oberratt, nicht aus den Augen lassen zu müssen.
Und wieder einmal kam Machtnix eine Erinnerung zu Hilfe. Sie entdeckte eine kleine hölzerne Zille auf der anderen Seite des Kanals, und bevor sie noch richtig darüber nachdenken konnte, was sie tat, war sie hinübergewatet, hatte die Zille losgebunden und sie zu den anderen gebracht, indem sie einstieg und die Ruder, die auf dem Grund der Zille lagen, ein-

hakte. Und für einen Augenblick sah sie sich in einem anderen Boot durch ein anderes Gewässer rudern, das heißt, sie ruderte gar nicht selbst. Es war ein Mann, der ruderte, und hinter ihm saß eine lachende Frau, und sie selber lachte ebenfalls und ließ die Hände ins klare, sonnenbeschienene Wasser hängen. Aber da war sie auch schon bei den anderen angelangt und rief: »Einsteigen, bitte!«
Nur Klein-Gottfried hatte Schwierigkeiten. Er konnte nicht hoch genug hopsen, und schwer, wie er war, bedeutete es für Machtnix eine ziemliche Mühe, ihn ins Boot zu heben. Dann ruderte sie eine Weile schweigend, während alle anderen sie voller Bewunderung ansahen.
»Das habe ich mit Händen gemeint, kapiert?!« Der Oberratt wandte sich an die ohnmächtelnde Maus, die sich prompt in Machtnix' Schoß fallen ließ. Allerdings hatte sie sich zuvor mit einem Blick in die Richtung vergewissert, daß sie nicht allzu hart fiel.
Auch das blinde Huhn hatte ein wenig Hilfe gebraucht, um sich richtig zu setzen, aber nun gab es eine prächtige Galionsfigur ab, wie es so mit hochgerecktem Kopf auf dem schmalen Vorderende der Zille hockte, während die beiden Hautlappen unterhalb des Schnabels im Luftzug flatterten.
Am glücklichsten über die Bootsfahrt war die zweifaltige Kröte, und um sich und ihren Gefühlen ein wenig Luft zu machen, stimmte sie das alte Kahnfahrerlied an.
»Im Frühtau zu Teiche wir ziehn, fallera,
es blauen die Flüsse, die Seen, fallera.
Wir rudern ohne Sorgen
singend in den Morgen,
noch ehe im Rohre
die Dommeln krähn.«

Und gleich darauf wiederholte die Kröte den Refrain, und alle stimmten mit ein.
Es war tatsächlich der Einflußbereich der Ratten, und jedes Mal, wenn sie um eine Kurve bogen, war an beiden Ufern je eine von ihnen im Gardemaß postiert, die in militärisch knappen Worten über die Beschaffenheit des nächsten Streckenabschnitts Auskunft gab. Parolen wurden ausgetauscht und Warnungen übermittelt. Alle waren voll Bewunderung dafür, wie Machtnix, die noch gar kein richtiger Mensch war, so geschickt mit den Rudern umzugehen verstand, und die Ratten hätten wer weiß was darum gegeben, wenn sie das auch gekonnt hätten.
Als sie schließlich zu einer Mehrfachkreuzung kamen, an der mindestens drei Kanalarme sich überschnitten, erklärte der Oberratt, daß sie nun zur Stadt aufsteigen sollten. Ihre Wege würden sich für eine Weile trennen, was aber nicht heiße, daß man einander gänzlich aus den Augen verlieren würde. Im Gegenteil: »Wir Ratten sind überall, und deshalb werden wir auch immer wissen, wo ihr euch gerade umtut. Und natürlich kommen wir euch zu Hilfe, wenn ihr ernsthaft in der Klemme steckt, kapiert?!«
»Kapiert, kapiert«, fiepte die ohnmächtelnde Maus, die sehr mit sich kämpfen mußte, um nicht einfach mit den Ratten zu gehen. Im Gegensatz zu Machtnix, dem Huhn und Klein-Gottfried war sie klein genug für die Rattengänge. Aber so sicher war sie sich gar nicht, daß die Ratten sie überhaupt wollten, und dann war sie, wie die meisten Tiere, anhänglich. Machtnix hatte sie schon zu lange mit sich herumgeschleppt, als daß sie sie so einfach hätte im Stich lassen können.
Machtnix band die Zille fest, und dann kletterten sie die ziemlich verwitterten, glitschigen Steinstufen

empor, wobei Machtnix wieder einmal nichts anderes übrigblieb, als Klein-Gottfried hochzustemmen. Niemand konnte wollen, daß er ausrutschte, in die Tiefe stürzte und vielleicht doch noch explodierte. Und als die Ratten kapierten, wie sehr Machtnix sich damit abplagte, versuchten sie ihr zu helfen, indem die ganze Bande von hinten anschob.
Klein-Gottfried schämte sich für seine Ungelenkheit und flüsterte Machtnix ins Ohr: »Glaub mir, einmal werde auch ich mich mit etwas hervortun können. Du wirst schon sehen …«
»Niemand erwartet, daß du dich mit etwas hervortust«, erklärte das blinde Huhn, das gelauscht hatte, während es allein die Treppen hochhüpfte. Es hatte ein ziemlich gutes Gefühl für Stufenabstände in den Füßen. »Es reicht schon, wenn du uns nicht zum Verglühen bringst.«
Als sie endlich wieder ans Tageslicht gekommen waren, mußten sie eine Weile geblendet die Augen schließen, ehe sie das Müllgebirge, das vor dem Ausgang in majestätischen Kaskaden anstieg, durch die Serpentinen und Tunnels zum Gipfel emporführten, in seiner ganzen Gewalt erfaßten.
Alles, was Menschen je hergestellt und benutzt hatten, lag da gequetscht und verbogen, zerbrochen und zerbeult, auf- und durcheinander, während andauernd Autos angefahren kamen, um neue Ladungen von nicht mehr Gebrauchtem oder nicht mehr Gewolltem abzuladen, wobei andere Menschen schon darauf warteten, das gerade Abgeladene daraufhin zu untersuchen, ob es nicht doch noch zu gebrauchen war.
Die Ratten verabschiedeten sich rasch und ein wenig förmlich, nachdem sie ihnen noch die ungefähre Richtung angegeben hatten, und verschwanden

blitzartig im Müllgebirge, in dessen Innerem sie wohl ihr Hauptquartier hatten.
Machtnix, die Tiere und Klein-Gottfried hielten sich im Hintergrund und schauten dem Treiben eine Weile zu, bis ein bestimmter Gegenstand Machtnix' Aufmerksamkeit erregte. Jemand hatte einen alten Kinderwagen von einem Lastauto geworfen, und der Kinderwagen fing, kaum hatte er Boden unter den Rädern, zu rollen an und rollte geradewegs auf Machtnix zu, als hätte er ihre geheimsten Gedanken erraten. Und nicht genug damit, daß das kleine Gefährt bis auf ein paar Schrammen völlig in Ordnung war, hatte man sich nicht einmal die Mühe gemacht, den praktischen kleinen Schlafsack herauszunehmen, der auch noch eine Kapuze hatte. Da nun der Kinderwagen auf sie zugerollt kam, brauchte Machtnix nichts mehr zu tun, als die Arme hochzuheben, und schon glitt die Haltestange in ihre Hände.
»Das fängt ja gut an.« Und sie meinte das kein bißchen ironisch.
Klein-Gottfried verstand im Augenblick. Schließlich war er es gewesen, der von Anfang an Angst davor gehabt hatte, gestohlen zu werden – wer weiß, was ein Waffenhändler tatsächlich mit ihm angestellt hätte –, und so konnte ihm nur recht sein, was Machtnix mit ihm vorhatte. Sie hob ihn auf, wie sie hoffte, zum letzten Mal für längere Zeit, legte ihn in den Schlafsack, zog den Reißverschluß hinauf und die Kapuze herunter, so daß kaum mehr etwas von ihm zu sehen war. Auch die Maus und die Kröte fanden Platz unter der Decke, und das blinde Huhn konnte sich auf den Einkaufskorb unter dem Fahrgestell setzen, wo es so gut wie unsichtbar blieb.
Als Machtnix sich schließlich auf den Weg machte, sah sie aus wie eine ganz gewöhnliche ältere Schwe-

ster, die ihren Baby-Bruder spazierenfährt. Auch waren ihre Turnschuhe, mit denen sie durch den Kanal gewatet war, wieder halbwegs trocken. Zum Glück schien die Sonne durch ein paar flüchtige Wolken, die es sich noch überlegten, ob sie herunterregnen oder weiter über den Himmel segeln sollten.

DIE ARMENSTADT

An den Abhängen des großen Müllgebirges erstreckte sich ein Stadtviertel mit dunklen, engen Gassen, in denen viele Arme wohnten, viel zu viele, denn ständig mußten welche aus den Häusern auf die Straße flüchten, wo sie sich so lange herumtrieben, bis sie mit jemandem Ärger bekamen und wieder zurück in die Häuser flüchteten.

Machtnix konnte sehen, wie in einem Obst- und Gemüsegeschäft ein Mann einem anderen die Pistole unter die Nase hielt, bis er ein Bündel Banknoten in die Hand gedrückt bekam, worauf er den Mann, der ihm das Geld gegeben hatte, mit dem Griff der Pistole auf den Kopf schlug und davonlief.

Bald darauf kamen die Staatskämpfer vorbei. Einer von ihnen prügelte den Niedergeschlagenen mit ein paar Ohrfeigen wieder ins Bewußtsein, um eine Beschreibung des Schlägers zu erhalten, dessen Verfolgung sie dann aufnahmen. Aber sie kamen nicht weit, denn inzwischen lief ihnen ein Dieb, den sie schon länger verfolgten, über den Weg.

Viele Häuser hatten eingeschlagene Fensterscheiben, und obwohl die Staatskämpfer ununterbrochen unterwegs waren und ständig jemanden anhielten oder festnahmen, passierte immer wieder etwas, wobei jemand zu Schaden kam, so daß die Staatskämpfer mit dem Einsperren gar nicht nachkamen. Im Gegenteil. Es sah so aus, als würden die Täter hinter den Staatskämpfern herlaufen, als hätten sie es geradezu darauf abgesehen, für ihre Taten, die sie daher am besten in der Nähe oder gleich vor den Augen der Staatskämpfer verübten, festgenommen zu werden. Meist aber kamen den Staatskämpfern die Stadtkämpfer in ihren gefleckten Tarnanzügen zuvor und versuchten diejenigen, die etwas angestellt hatten, dazu zu überreden, sich ihnen anzuschließen, um gemeinsam gegen diejenigen zu kämpfen, die sie am liebsten alle verhungern lassen würden, trotz der vielen Waren, mit denen die Geschäfte vollgestopft waren.

Plötzlich wurde aus einem Laden heraus einem Mann nachgeschossen, der eine prall gefüllte Einkaufstasche unterm Arm trug, und Machtnix versteckte sich hinter der großen Mülltonne, die noch ärger stank als der Abwasserkanal, so lange war sie schon nicht mehr entleert worden.

Diesmal kamen die Staatskämpfer augenblicklich herbei und schnappten sich den Mann, der aus einem Ohr blutete. Er schien beinahe erleichtert, und als ihm dann einer der Staatskämpfer auch noch eine Zigarette gab, sagte er rauchend: »Wenigstens zu essen und ein Dach über dem Kopf werde ich in nächster Zeit haben.« Worauf der Staatskämpfer mürrisch erwiderte: »Aber nur, wenn du dich entsprechend aufführst, ansonsten entlassen wir dich auf der Stelle.«

Kaum waren die Staatskämpfer mit dem Festgenommenen verschwunden, kamen aus einer Seitengasse Stadtkämpfer gelaufen, stellten sich vor dem Laden

auf, aus dem der Mann mit der dicken Einkaufstasche geflüchtet war, und schossen mit ihren automatischen Gewehren so lange gegen die Fassade und die Auslagen, bis alles in Trümmern war.
Machtnix hatte ihre Gefährten, die kaum etwas sahen, zu beruhigen versucht und gewartet, bis die Schüsse und das Geschrei aufgehört hatten. Doch gerade als sie sich wieder auf die Straße wagen wollte, packte sie jemand von hinten an der Schulter, und sie erschrak so sehr, daß sie keinen Mucks machte. Als sie sich dann vorsichtig zur Seite drehte, erkannte sie ihn sogleich, obwohl er inzwischen gewachsen war. Es war der Bursche, den sie aus dem Lager kannte und der die Frösche aufgespießt hatte. »Na«, grinste er, »haben sie dich noch immer nicht erwischt?!«
Er trug dieselbe Uniform wie die Kämpfer, die geschossen hatten, und nachdem er das vom Erwischen gesagt hatte, drehte er Machtnix auch noch die Arme auf den Rücken. Das war für Klein-Gottfried zu viel. Er strampelte seinen Schlafsack auf, so daß genügend von ihm zu sehen war.
»Vorsicht!« rief Machtnix, eher um Klein-Gottfried zu warnen, aber zum Glück verstand der Bursche es anders und ließ sogleich von Machtnix ab. »Wau!« rief er, »eine richtige Bombe! Das hätte ich dir nicht zugetraut.«
»Und wenn du mich nicht in Ruhe läßt, geht sie hoch.« Machtnix bekam langsam Oberwasser.
»Ich hoffe, du stehst auf der richtigen Seite.« Der Bursche wurde wieder patzig. »Nämlich auf der unseren.«
Machtnix antwortete nicht. Sie legte einfach den Finger auf den Mund, und als der Bursche auch noch wissen wollte, wohin sie die Bombe denn

bringen würde, flüsterte sie: »Streng geheim! Sehr streng geheim!« Dann marschierte sie los, indem sie den Reißverschluß des Schlafsacks wieder zuzog, um Klein-Gottfried, der zufrieden lächelte, vor den Blicken der Leute zu verbergen.

»Dieser getüpfelte Hosenscheißer«, unkte die zweifaltige Kröte, als sie außer Hörweite waren.

»Ein Bekannter von euch?« Das blinde Huhn schien einigermaßen befremdet. Und die ohnmächtelnde Maus verdrehte die Augen. »Kein Wunder, daß die Welt so ist, wie sie ist, wenn selbst ihr solche Bekannte habt.«

Dort, wo die Fassaden noch nicht zerstört waren, klebten überall Aufschriften, die einen aufforderten, dies oder jenes zu kaufen. Wenn man genauer hinsah, waren hinter den Fenstern zu beiden Seiten der Straße nichts als Läden, in denen man alles feilbot, was auf dieser Welt in Massen erzeugt wurde.

Machtnix war überwältigt, und nur der Umstand, daß sie keinen Groschen bei sich hatte, hinderte sie daran, in eines der Geschäfte zu stürmen und sich zumindest ein neues T-Shirt zu kaufen. Die ganze Zeit über, in der sie mit den Tieren unterwegs gewesen war, die ja auch immer gleich aussahen, hatte sie keinen Gedanken an ihre Kleidung verschwendet. Erst jetzt fiel ihr auf, wie sie mittlerweile aussah und wie dringend sie auch einen neuen Rock gebraucht hätte.

Die zweifaltige Kröte beschwerte sich über den Lärm in diesem Stadtviertel, und dann fragte sie, ob es denn hier nicht von dem Klebstoff gebe, der so beruhigend wirke und den sie heimlich ausgeschnüffelt hatte, was ihr Gewissen noch immer belastete. Nicht von ungefähr war sie gerade jetzt darauf gekommen. Über dem Warenhaus, an dem sie

gerade vorbeigingen, drehte sich nämlich eine große Tube in derselben Farbe und mit demselben Eulenkopf darauf, daß sogar die Kröte sie sofort wiedererkannt hatte. In einem der Schaufenster war eine ganze Pyramide von Klebstofftuben aufgestapelt, und davor prangte ein Plakat, auf dem in Großbuchstaben geschrieben stand: EINE TUBE GRATIS. Bis dahin hatte Machtnix sich durchbuchstabiert. »Hörst du, EINE TUBE GRATIS ...«
»Tja.« Die zweifaltige Kröte lächelte breit. »Dann nichts wie rein und das Zeug an dich gerafft.«
»Klein-Gottfried, gib acht, ich bin gleich wieder da!« Klein-Gottfried schwoll sofort an vor Stolz und Verantwortung.
»Schubs nicht«, maulte die zweifaltige Kröte. »Nur wenn du nicht schubst, haben wir alle Platz.« Aber das hörte Machtnix schon nicht mehr.
Es dauerte eine Weile, bis sie sich in dem Warenhaus soweit zurechtgefunden hatte, daß sie sah, was sie suchte. Nicht nur, daß es ein ziemlich geräumiges Gebäude war, es war auch alles in blendendes Licht getaucht. Die Sachen, die überall auf den Verkaufstischen ausgebreitet lagen, glänzten und glitzerten nur so von den Strahlen, mit denen sie von überall her beschickt wurden. Da standen viele Leute, die in den Sachen wühlten, und wieder andere, die sie dabei beobachteten, obgleich sie so taten, als würden sie ebenfalls wühlen. Nur manchmal vergaßen sie sich und wühlten tatsächlich leidenschaftlich und begeistert mit.
Als Machtnix endlich an den riesigen Korb kam, der bis zum Rand mit Klebstofftuben gefüllt war, dachte sie, kein Wunder, daß sie jeweils eine Tube gratis abgeben, wo sie doch so viele vorrätig haben. Also nahm sie sich eine und steckte sie in die Tasche ih-

res Rockes. Sie wäre gern noch ein wenig geblieben und hätte sich die elektronischen Spiele angeschaut, zu denen ein Pfeil in den ersten Stock hinaufwies, aber sie hatte Angst, daß den Gefährten etwas geschehen könnte, trotz oder erst recht wegen Klein-Gottfried, und so lief sie rasch wieder nach draußen.
Einer dieser Kerle, die so getan hatten, als würden sie ebenfalls wühlen, lief plötzlich hinter ihr her und schrie: »Du kleines Miststück, wart nur, ich kriege dich noch. Hast wohl nichts anderes im Sinn, als Geschäfte zu plündern. Ich werd's dir schon zeigen!
Und er kam immer schneller hinter Machtnix her, die bereits den Kinderwagen aus dem Treppenwinkel gerissen hatte und damit losgerannt war. Sie schrie zurück: »Aber da steht doch: EINE TUBE GRATIS!»
Der Mann keuchte bereits nach ein paar Schritten. »Jawohl, EINE TUBE GRATIS, WENN MAN SECHS TUBEN KAUFT! Es kommt auf den Nachsatz an. Es kommt immer auf den Nachsatz an. Nichts ist gratis auf dieser Welt, es sei denn, wenn …«
Schon kamen wieder Stadtkämpfer um die Ecke getrabt. Der Mann lief noch immer hinter ihr her, doch die Stadtkämpfer stoppten ihn. Sie fragten, ob er sich nicht schäme, hinter einem kleinen Mädchen herzulaufen, und ob er womöglich schmutzige Gedanken dabei habe. Der Mann stotterte etwas in der Art, daß sie eine gemeine Diebin sei.
»So!« Der Anführer der Stadtkämpfer grinste breit. »Diebin nennst du das, du Dreckskerl?! Ein kleines Mädchen aus dem Untergrund, das noch dazu für sein kleines Geschwister zu sorgen hat, wie man sieht, holt sich das Nötigste, und du, Fettsack, der du mit daran schuld bist, daß ein kleines Mädchen aus dem Untergrund nichts zu essen hat, erfrechst

dich, das Diebstahl zu nennen? Na warte, von nun an bist du gezeichnet.« Er holte ein kleines Tätowierset aus dem Ärmel und zückte die Nadel.
»Nicht! Bitte nicht!« flehte der Mann, der hinter Machtnix hergelaufen war. »Ich verliere meinen Job, wenn ich das Zeichen trage. Ich bin erledigt. Wovon sollen meine Frau und die Kinder leben, wenn ich keinen Job mehr habe?«
Aber der Anführer des Stadtkämpfertrupps ließ sich nicht erweichen. Zwei andere Stadtkämpfer hielten den Mann fest, und der Anführer tätowierte ihm das Zeichen auf den Handrücken.
»Kannst es dir ja wegoperieren lassen, wenn es dich stört.« Er lachte höhnisch. »Wir führen nämlich einen gerechten Krieg. Einen Krieg gegen euch alle, einen Befreiungskrieg.« Der Mann zog den Kopf ein und flüsterte: »Alles, was ihr befreit, ist der Krieg. So geht das jetzt überall.« Dann schniefte er und fügte weinerlich und lauter hinzu: »Aber die Narbe bleibt.« Die Stadtkämpfer lachten hämisch.
Der Mann überlegte. »Wenn ich schon das Zeichen trage, kann ich genausogut bei euch bleiben.«
»Na also!« Der Anführer der Stadtkämpfer klopfte ihm auf die Schulter. »Warum denn nicht gleich?!«
»Und was muß ich jetzt tun?«
»Zuerst gehst du in die Straße des brennenden Juli …«
»In welche Straße?«
Der Anführer der Stadtkämpfer deutete auf eine Straße, die nach der Unterführung, vor der sie gerade standen, nach rechts abbog. »Jetzt heißt sie noch Republiksstraße, aber sobald wir gewonnen haben, heißt sie Straße des brennenden Juli, zur Erinnerung an unseren ersten nennenswerten Sieg. Du merkst es dir besser gleich.« Der Mann nickte. »Du gehst al-

so erst einmal in die Straße des brennenden Juli, auf Nummer neununddreißig, und läßt dir eine Uniform geben. Dann wartest du auf Anweisungen, verstanden?«

»Verstanden«, sagte der Mann und ging.

Machtnix hatte sich still und schrittweise mit dem Kinderwagen von den Stadtkämpfern entfernt, während die sich mit dem Mann aus dem Warenhaus beschäftigten. Aber gerade als sie dachte, sie hätten sie schon vergessen, hörte sie einen der Stadtkämpfer hinter sich herrufen. »Ist das nicht die Kleine, die mit einer Bombe unterwegs ist?« Offenbar hatte der Bursche es bereits weitererzählt. Der ganz Trupp kam nun hinter Machtnix her, und der Anführer überholte sie sogar. »Laß sehen! Laß sehen!« Er bohrte seinen Zeigefinger in den Schlafsack, so als könne er es nicht erwarten, bis der Reißverschluß offen war. »Aua!« brüllte er gleich darauf. »Seit wann können Bomben beißen?« Und er hielt seinen blutenden Zeigefinger in die Luft.

In diesem Moment kam ohne Vorwarnung ein Hubschrauber mit Staatskämpfern geflogen, und die feuerten auf die Stadtkämpfer. Zwei von ihnen stürzten getroffen zu Boden, die anderen suchten Deckung und liefen auf den nächsten Hauseingang zu.

»Komm mit, komm mit!« schrien einige der Stadtkämpfer ihr zu, aber Machtnix war schon mit dem Kinderwagen unter der Unterführung durch und rannte in ein düster und heruntergekommen aussehendes Gebäude, das am ehesten wie ein verfallenes Lagerhaus wirkte. Tatsächlich befanden sich überall große Haufen Kohle, und der Ruß, der allenthalben in der Luft und an den Wänden hing, schluckte das bißchen Licht, das durch schmale, hochgelegene Fenster fiel, fast zur Gänze.

Kaum waren sie halbwegs in Sicherheit, als die ohnmächtelnde Maus aus dem Schlafsack hervorgekrochen kam. »Na, wie war ich?«
»Prima!« Machtnix fuhr mit dem Finger über ihr weiches Fell. Die Maus schmiegte sich in ihre Handfläche und stöhnte vor Wohlbehagen.
»Wir sollten vielleicht etwas essen«, schlug Machtnix vor, ein Gedanke, für den sogar das blinde Huhn sich dermaßen erwärmte, daß es leise und geschäftig vor sich hin zu gackern begann. Die Maus war immer noch ganz beeindruckt von ihrer wehrhaften Tat, gab aber dann zu, daß ihr ein Stück Brot doch wesentlich lieber wäre, um hineinzubeißen.

VOM HINTERN DER ERDE ZU IHREM ANGESICHT

Auf der Suche nach einem geschützten Platz hinter den Kohlehaufen stieß Machtnix auf ein Kämmerchen mit einer kleinen Bank darin, das von einer nackten elektrischen Birne erhellt wurde, ein geradezu idealer Platz für ein Picknick. Doch wie sehr erschraken sie alle, als die Tür sich plötzlich von selber schloß und das Kämmerchen in ziemlichem Tempo mit ihnen nach unten sank. Und es sank ziemlich lange, so lange, daß Machtnix schon glaubte, es gehe endlos so weiter.
»Heureka!« rief die Kröte mehrmals, wie um sich Mut zu machen, »die Abenteuer fangen anscheinend gerade erst an!« und fügte dann mit wesentlich weniger Begeisterung hinzu: »Und was für Abenteuer!«
Plötzlich gab es einen Ruck, das Kämmerchen stand

still, und die Tür öffnete sich wieder genauso von selber, wie sie sich geschlossen hatte. Eine Weile zögerte Machtnix, das Kämmerchen zu verlassen. Überwältigende Finsternis lag vor ihnen, feucht und schier undurchdringlich. Nur langsam gewöhnte sich der Blick, und nur nach und nach ließ sich auch in dieser stockdunklen Undurchsichtigkeit etwas ausnehmen. Ein Gang schien sich aufzutun, an dessen Ende, soweit das, was sie vor sich sahen, das Ende war, ein Lichtschimmer blinzelte.
Kaum hatte Machtnix dann doch mitsamt dem Kinderwagen das Kämmerchen verlassen, als sich auch schon die Tür wieder schloß, und sie hörten, wie der merkwürdige Lift nach oben fuhr. Es gab kein Zurück mehr.
Während sie langsam im Dunkeln vordrangen, wischte etwas warm und klebrig über Machtnix' Gesicht, ohne daß sie es hätte sehen können, und mit einemmal schien ihr, als seien die Wände dieses Ganges, durch den sie mit großer Vorsicht den Kinderwagen schob, gar nicht aus Stein, sondern aus etwas Lebendigem, das atmete und pulsierte, das Geräusche von sich gab, als schmatze und stöhne es gelegentlich, aber was noch viel unheimlicher war, es schien sich auch noch zusammenzuziehen und wieder auszudehnen. Machtnix brach der kalte Schweiß aus, und selbst die Tiere waren sprachlos. Einzig Klein-Gottfried schien unbeeindruckt vor sich hin zu dösen ohne den geringsten Anflug von Beklemmung.
Mit der Zeit schien auch die Luft an manchen Stellen auszugehen, so als sei sie löchrig geworden, und Machtnix und die Tiere fingen zu schnaufen an, während die Wände des Ganges immer näher kamen, klopfend und pochend und sich wie ein

elastisches Gewebe an den Körper, ans Gesicht legten, dehnbar, so daß man sie wegdrücken konnte und dabei dann doch die eine oder andere Luftblase erhaschte, um nicht auf der Stelle zu ersticken.
Machtnix versuchte ein wenig schneller voranzukommen, aber durch die Bewegung der Wände war auch das Licht zeitweise verstellt, und sie rammte den Kinderwagen mit aller Kraft ins Weiche, das sie immer dichter, immer krampfhafter umgab, ohne zu wissen, ob die Richtung noch stimmte, einzig besessen von dem Wunsch, dorthin zu gelangen, wo es mehr Platz, mehr Luft und mehr Licht gab. Dann kam ihr wieder vor, als würde sie von den Wänden, die sich immer enger um sie legten, in eine bestimmte Richtung gepreßt, so sehr gepreßt, daß sie glaubte, schreien zu müssen, aber zum Schreien fehlte ihr die Luft. Ihr Herz klopfte wie verrückt, als wolle es ebenfalls ins Freie, als spüre es die Bedrängnis durch das sich zusammenziehende Gewebe um sich herum. Machtnix' Kopf begann im selben Rhythmus mit dem Pochen der Wände mitzudröhnen, und ihre Stirn schmerzte, als stecke sie in einer Zange. Es war kaum mehr zu ertragen.
Und gerade als sie dachte, sie würde endgültig zerdrückt, erstickt, aufgesogen, zeigte sich in einiger Entfernung ein Lichtschimmer, erneut ein Lichtschimmer, genau in dem Augenblick, als das blinde Huhn wieder einmal in sein Triumphgeschrei ausbrach, in ein so übermächtiges Gegacker, als sei das Erscheinen seines Eies ein Weltereignis. Und tatsächlich schienen sich sogar die Wände des Ganges zu entkrampfen, zumindest lange genug, daß sie alle einmal richtig durchatmen konnten, um dann von einer nächsten und letzten Druckwelle dem Ausgang zugeschleudert zu werden, der sie

zwar weder ins Freie noch ins Taghelle noch auf die Erdoberfläche zurückspie, sondern in eine große Höhle, die von Fackeln erleuchtet war, die einen geheimnisvollen, harzigen Duft verströmten.
Vollkommen erschöpft ging Machtnix neben dem Kinderwagen in die Knie, und während das blinde Huhn sich noch immer plusterte und schüttelte, konnte sie nichts als heulen, heulen und wieder heulen.
»Es reicht! Die Tränen bilden ja schon eine Pfütze«, sagte da eine tiefe, ein wenig hallende Stimme, und als Machtnix sich die Augen gewischt hatte, erblickte sie einen riesigen Kopf, der wie eine Puddingform aussah, da die Haare in genau solchen Rillen vom Scheitel herabhingen, und nur, wenn die Stimme sprach, lüftete der Atemhauch die Strähnen, so daß man den Rücken einer mächtigen Nase und dicke, geschwungene Lippen erkennen konnte. Zuerst schien es, als wäre das Ganze ein Kopf allein, aber je besser Machtnix' Augen wieder sahen, desto eher schien ihr, als gehöre alles ringsum zu einem Körper, daß alles, was sie für Fels und Stein gehalten hatte, zu diesem lebendigen Leib gehörte, und selbst der Gang, aus dem sie alle gepreßt worden waren, schien ein Teil davon zu sein.
»Na schön«, sagte der Kopf, »ihr lebt also. In letzter Zeit ist da nur Totes heruntergekommen. Und diesmal sogar ein gackerndes Huhn! Wie lange ich schon kein Huhn mehr gackern gehört habe! Bring mir dein Ei, ich werde es ausbrüten!«
Das blinde Huhn lauschte hingerissen, dann sagte es ein wenig irritiert: »Hm! Das wird nicht gehen. Ich bin nämlich, das heißt ich habe … ach was, wenn du mich fragst, ich weiß nicht einmal mehr, wie ein Hahn aussieht, geschweige denn …«
Der riesige Kopf gluckerte vor Lachen wie ein

Höhlenbach. »Dummerchen, wenn du wüßtest. Ich habe schon mit ganz anderen Tricks gearbeitet. Los, bring mir dein Ei!« Und als das blinde Huhn nicht sofort damit ankam, verschärfte der Kopf die Tonart: »Und keine Widerrede!«

Das blinde Huhn richtete sich danach, wo die Stimme herkam, und rollte sein Ei geradewegs auf den großen gewölbten Mund zu, aus dem unvermutet eine lange, spitze, rosa Zunge schnellte, die das kleine Ei mit großem Geschick aufleckte, als wäre es ein Keksbrösel.

»Du hast es geschluckt«, sagte das blinde Huhn im Ton einer Feststellung, die wohl nur zeigen sollte, wie gut sein Gehör war. Wie schon erwähnt, es machte sich nichts aus seinen Eiern, wenn es sie nicht gerade begackerte.

»Natürlich habe ich es geschluckt.« Der Kopf lachte ganz aus dem Leib heraus. »Mein Körper ist umfassend genug. Irgendwo wird dein Ei schon seinen Platz finden. Und sollte tatsächlich ein Küken daraus werden, kannst du Gift darauf nehmen, daß ich es rechtzeitig rausdrücke.« Der Kopf wackelte schier vor Vergnügen, während das Huhn andächtig vor ihm stand und sich von Zeit zu Zeit verneigte. Auch die ohnmächtelnde Maus starrte gebannt auf den sprechenden Kopf und nickte hingebungsvoll.

Die Kröte stupste Machtnix, die noch immer an den Kinderwagen gelehnt dakniete, an der Schulter und flüsterte ihr einerseits ins Ohr: »Respekt, Respekt, wenn du verstehst, was ich meine.« Und andererseits erklärte sie ihr: »Glaub es oder glaub es nicht, es ist die gute, alte, wunderbare Erde. Was sind schon unsere dreihundert Millionen Jahre, verglichen mit ihrem Alter. Du hast nun das Glück, sie von Angesicht zu Angesicht zu sehen. Von so einem Glück können die wenigsten sagen. Ich meine, wenn es überhaupt ein Glück für dich ist. Man weiß nie, in welcher Stimmung sie gerade ist. Und nach all dem, was die Menschen ihr angetan haben ...«

Der Kopf besaß ebenfalls ein feines Gehör und hatte sich ein wenig nach vorn geneigt. »Habe ich recht gehört? Bist du es, *Bufo-ma-bufo?*

Die zweifaltige Kröte hüpfte vom Kinderwagen und beeilte sich, vor dem erdlichen Angesicht zu erscheinen. »Sei gegrüßt!« Sie berührte den Teil des allumfassenden irdenen Körpers, der sich vor dem Kinn des riesenhaften Kopfes ausbreitete, mit ihrem breiten Maul.

»Wenigstens jemand von den alten Bekannten, den es noch gibt ...« Der Kopf wackelte erinnerungsschwer.

»Seit einer Ewigkeit nicht mehr gesehen, was?« Auch *Dem Krottok* mußte auf sich aufmerksam machen.

Der Kopf neigte sich noch ein wenig, wie um besser hören oder sehen zu können. »Du bist also immer noch alles in einem? Klug. Sehr klug!«

»Wie du weißt, stammen wir aus der Zeit vor dem Sündenfall«, ließ sich die zweifaltige Kröte vernehmen.

»Sündenfall?« Das Wort drang wie das Gepolter von Steinen aus dem Kopf der Erde, und tatsächlich war plötzlich Geröll zu sehen, das sich wie eine Muräne aus ihren Mundwinkeln schob.

»Sündenfall? Daß ich nicht quietsche. Ein einziger Fall von Sünden, nichts als Kränkung, Verachtung, Ausbeutung. Ihr wißt ja, wie sie mich zugerichtet haben. Längst habe ich ihnen den Hintern zugekehrt, aber dieser mein Hintern ist eine einzige Schwäre, in die sie täglich neue Löcher bohren.« Ein Felsbrocken schob sich aus ihrem Mund, und gleichzeitig wurde der ganze Körper von einem Beben geschüttelt, so daß Machtnix mitsamt dem Kinderwagen ein Stück nach vorn, in Richtung auf den offenen Schlund der Erde zu, gerissen wurde. Auch das blinde Huhn schwankte und mußte mit den Flügeln flattern, um das Gleichgewicht zu halten, während die Kröte sich flach auf den Boden legte.

»Aber ich räche mich, ich räche mich, ich räche mich. Es werden Ungeheuer entstehen, Ungeheuer, sage ich euch, und man wird erst merken, daß es Ungeheuer sind, wenn sich nichts mehr gegen sie ausrichten läßt. Ungeheuer, die kein Trinkwasser und keine Atemluft brauchen, während die Menschen langsam verröcheln.«

»Und wir?« Die Maus fragte wieder einmal direkt. »Was geschieht mit uns?«

Die Erde schüttelte ergrimmt den Kopf, daß die Gesteinsbrocken nur so durch die Gegend rumpelten. »Ihr müßt selber sehen, wo ihr bleibt, wenn es euch nicht gelingt, dem Treiben auf meinem Hintern Einhalt zu gebieten.«

»Aus meinen Laichschnüren, aus meinen ureigenen Laichschnüren ...« Die Kröte jammerte verzweifelt.

Die Erde zog vernehmlich den Rotz auf. »Ich weiß, ich weiß, aber deine Laichschnüre helfen uns auch nicht mehr weiter. Was geschehen ist, ist geschehen, überlegt lieber, wie es weitergehen soll. Mir ist es inzwischen schon egal. Ich will nur, daß die Schmerzen auf meinem Hintern endlich aufhören.«

Ein weiteres Beben erschütterte den Leib der Erde und grollte noch lange nach, und Machtnix befand sich nun samt Kinderwagen unmittelbar vor einer Reihe kalkweißer Zähne, zwischen denen noch immer kleineres Gestein hervorbröckelte.

»Sag du mir, *Bufo-ma-bufo*, wen habt ihr denn da

mitgebracht? Daß es heulen kann, höre ich, aber was ist es sonst?«
Machtnix konnte aus dieser Nähe ein unter den Puddingformsträhnen verborgenes Auge erkennen, das sich mitten auf der Stirn befand und smaragdfarben schimmerte, wie ein See in den Bergen.
»Ein kleines Mädchen«, erwiderte die Kröte, »das vor dem großen Garscht davongelaufen ist.«
»Am Ende ein Mensch?« Der Mund der Erde zuckte, und das nicht gerade vor Sympathie.
»Ein Menschlein, sozusagen ein Kind. Als Kinder sind sie noch ganz verständig.«
»Und woran hält es sich fest? Kann es nicht von alleine stehen?«
»Das ist unser aller Reisegefährt. Damit das Kind sich nicht so mit uns abschleppen muß. Auf unseren eigenen Beinen hätten wir den Weg durch die Stadt nicht geschafft.«
»Wer wir? Ist da noch jemand, den ich nicht kenne?« Die Erde schien sich zumindest noch für das zu interessieren, was vor ihrer Nase geschah, wenn sie schon nicht mehr wissen wollte, wie es auf ihrem Hintern zuging.
»Klein-Gottfried«, sagte Klein-Gottfried, der sich ein wenig aufgerichtet hatte, ohne daß jemand es verhindern hätte können.
»Ich wurde diesmal in Gestalt einer Bombe ins Dasein geworfen, aus der ein Blindgänger geworden ist. Es war mir nicht vergönnt, meinen Zweck zu erfüllen und zu verglühen.«
Alle hielten den Atem an, duckten sich und fürchteten, daß die Erde vor Ärger einen ganzen Steinschlag erbrechen würde, aber nichts dergleichen geschah.
»Er war uns schon sehr hilfreich auf dem Weg zu

dir. Die, die nicht wissen, daß er ein Blindgänger ist, haben großen Respekt vor ihm.« Ausgerechnet die zweifaltige Kröte versuchte Stimmung für Klein-Gottfried zu machen.
»Ich weiß gar nicht, ob ich überhaupt noch verglühen möchte, jetzt, wo ich Gefährten habe. Früher hat es keinen anderen Zweck für mich gegeben, als zu verglühen, aber da kannte ich ja auch niemanden. Verzeihung, wenn ich zu viel geredet habe …« Es war ihm aufgefallen, daß die anderen ihn anstarrten und offensichtlich gehofft hatten, er würde den Mund halten.
Die Erde schwieg einen Augenblick, dann meinte sie versonnen: »Ich mag alles, was nicht ganz so ist, wie man es erwartet. Ein Menschlein, das ein Huhn, eine Kröte, eine Maus und eine Bombe, die nicht mehr explodieren muß, durch die Gegend karrt … Es ist nicht sehr gescheit von mir, gewiß. Durch diese meine Vorliebe ist viel Unsinn entstanden, aber auch die Arten. Selbst du, *Bufo-ma-bufo*. Hätte mir der Fisch nicht gefallen, der plötzlich an Land stieg und im Freien nach Luft schnappte, wäre es nicht einmal zu deinen Laichschnüren gekommen. Letztlich seid ihr alle aus mir geschlüpft, auch dieses Ding namens Klein-Gottfried. Doch bevor ich es vergesse: Wer oder was hat auch überhaupt auf den Weg gebracht?«
»Der Krieg«, sagte das kriegsblinde Huhn, das den Krieg nie gesehen hatte. »Der Krieg, der immer irgendwie da ist, auch wenn man ihn nicht sieht.«
»Pfui Garscht!« rief die Erde, und es rieselte wieder Sand nach. »Und was habt ihr vor?« Machtnix schaute die Tiere an, und die Tiere schauten Machtnix an. Wir haben eine Botschaft erhalten: STOPPT DIE ZENTRALE! und wir dachten …« stotterte Machtnix.

»Wir erschrecken sie«, trompetete Klein-Gottfried, hielt aber gleich wieder den Mund.
»Kennt ihr die Zentrale? Wißt ihr überhaupt, wer oder was das ist?« Die Erde kaute ein wenig von dem Geröll, und es knirschte, als rieben sich Mühlsteine aneinander.
»Das sind die Dinger, die nach den Menschen kommen«, erklärte die ohnmächtelnde Maus nach ihrem Gutdünken. »Sie spielen die Welt von ihrer Zentrale aus.«
Die Erde neigte sich neugierig in Richtung Maus. »Und habt ihr euch schon überlegt, wie ihr diese Dinger und ihre Zentrale stoppen werdet?«
»Abschalten!« ertönte eine Stimme, die ihnen allen bekannt vorkam. Die Maus fiel auch prompt in eine kleine Ohnmacht.
Der Oberratt und seine Garde warfen sich allesamt auf den Bauch vor der Erde. »Verzeih, allumfassende Erde, wir wollten dich nicht leichtfertig stören, aber wir haben inzwischen etwas herausgefunden, das von großer Wichtigkeit ist.« Er richtete sich wieder ein wenig auf. »Abschalten. Damit die Dinger keinen Saft mehr kriegen. Und wenn alles abgeschaltet sein wird, gibt es einen Schock. Einen heilsamen Schock vielleicht.«
Das blinde Huhn hob den Kopf. »Schock?« Ich kenne nur ein Schock Eier, und das sind genau sechzig Stück.«
»Schock heißt«, erklärte der Oberratt bedeutsam, aber bevor er noch ausreden konnte, hatte sich Klein-Gottfried wieder zu Wort gemeldet, »... daß sie gewaltig erschrecken.«
»Und dann?« Die Erde schüttelte den Kopf, daß die Puddingformsträhnen für einen Augenblick fast waagrecht von ihrem Kopf abstanden. »Dann schal-

ten sie die Dinger wieder ein, und die Kacke steigt von neuem.«

»Wie die Entstehungsgeschichte lehrt, wiederholt nichts sich auf haargenau dieselbe Weise. Es geschieht immer ein bißchen anders beim nächsten Mal.« Das war die fixe Idee der Kröte.

»Einige der Dinger sind bereits so ehrgeizig, daß sie sich selbst zerstören, wenn sie überlistet werden. Ich meine beim Abschalten.« Niemand wußte, wo der Oberratt diesen heißen Tip her hatte. Und die Erde blieb mißtrauisch. »Sie werden neue Dinger bauen. Sind die Menschen einmal auf den Geschmack gekommen, gehen sie immer bis zum äußersten.«

»Du magst recht haben«, erwiderte der Oberratt, »aber vielleicht hilft der Schock, die Köpfe der Menschen in eine andere Richtung zu beuteln. Andernfalls…«

»Andernfalls was?« Die Maus war wieder zu sich gekommen und wollte, daß der Oberratt sie bemerkte.

»Andernfalls ruinieren sie sich selber und alles andere auch. In der Zwischenzeit haben die Tiere vielleicht Gelegenheit, sich in Sicherheit zu bringen.«

»Und wie? Wenn du mich fragst, brauchen auch wir Luft, Wasser und was so wächst.« Das blinde Huhn spielte seinen Hausverstand aus.

»Ahem!« machte der Oberratt. »Die Tiere könnten, wahrscheinlich nicht alle, aber die, die klein und intelligent genug sind« – der Oberratt machte noch einmal »ahem!« und drückte seinen Bauch ganz schön platt –, »in den Schoß der Erde zurück, kapiert?! Ich meine für die Übergangszeit, und wenn es keine zu große Zumutung für dich ist, o du allumfassende Erde?!« Er flehte sie unterwürfig und aus roten Augen an.

Die Erde weitete die Nasenflügel. »Das kann nur auf

Rattenmist gewachsen sein. Gib zu, es geht dir vor allem um die eigene Brut. Sprich also nicht von den Tieren, wenn du deinesgleichen und höchstens noch ein wenig Kleinzeug meinst.«

Der Oberratt senkte den Kopf, hob ihn aber gleich darauf wieder. »Und was sagst du wirklich zu meinem Vorschlag?«

Die Erde nieste kurz einmal, und für einen Augenblick drohte das Licht der Fackeln zu erlöschen. »So gesehen, hast du recht. Warum sollen die Kleinen nicht auch einmal im Vorteil sein? Aber eines sage ich euch, solange ihr nicht alles versucht habt, was in eurer Kraft steht, ist es nichts mit einem warmen, nahrhaften Platz in meinen Leibesfalten. Ihr vergeßt alle viel zu rasch, was auf meinem Hintern los ist.«

»Vergessen wir nicht, vergessen wir nicht!« beteuerten alle im Chor, samt Machtnix und Klein-Gottfried.

»Schon gut, schon gut!« Und es geschah zum ersten Mal, daß die Erde nicht laut herauslachte, sondern mit einer gewissen Rührung lächelte. »Und damit ihr nicht vor gutem Mut zu triefen beginnt, könntet ihr euch gleich einmal die neuesten Furunkel zu Gemüte führen, die sie mir mit ihren Metallkrallen gepopelt haben.« Sie beschrieb dem Oberratt, der sich am besten in ihren Eingeweiden auszukennen schien, wie sie zum Ort ihres neuesten Schmerzes kämen, und verabschiedete sie dann alle mit einem großen Schmatz, der sich in Quellwasser auflöste, genug, um ihrer aller Durst zu stillen, ehe sie in neue Finsternisse aufbrachen.

Zum Glück drängten sie sich nun durch einen anderen Gang, der zwar ebenfalls feucht und dunkel war, aber sich kaum einmal zusammenzog und auch dann nur so eng, daß Machtnix mitsamt dem Kinderwagen gerade noch hindurchschlüpfen konnte, ohne von den lebenden Wänden ganz zusammengepreßt zu werden.
»Ich weiß schon, welchen Abszeß sie meint«, behauptete der Oberratt. Seine Garden hatten sich inzwischen wie Schlittenhunde vor den Kinderwagen gespannt, und so mußte Machtnix, die so gut wie gar nichts sah und sich auch nicht auskannte, nur dem Kinderwagen folgen. Zu ihrer Ehre muß gesagt werden, daß sie es kaum je ausnützte und sich immer nur ein Stückchen ziehen ließ.
»Es sind gefüllte Riesenzigarren, die alles in Brand stecken, wenn sie in die Luft gehen, und dazu noch den Boden und das Wasser ein für alle Male versauen. Es genügt, auf einen Knopf zu drücken, und sie erheben sich, und wenn sie dann platzen, krepiert die Erde an ihrem Eiter«, sprach der Oberratt weiter vor sich hin.
»Abschalten, abschalten!« schrie Machtnix plötzlich. »Alles abschalten!« Die Platzangst war aus dem Bauch in ihren Hals hochgekrochen, und obwohl es nicht ganz so eng wie in dem vorherigen Gang war, trug die Schilderung des Oberratts dazu bei, sie vor Atemnot durchdrehen zu lassen.
Die zweifaltige Kröte wartete nicht wie sonst darauf, daß Machtnix sie sich auf den Kopf setzte, sondern hüpfte von selber auf ihre Schulter und beugte sich zu ihrem Ohr, in das sie so lange flüsterte, bis

Machtnix sich wieder ein wenig beruhigt hatte. Die anderen waren zu Tode erschrocken, als Machtnix zu schreien begonnen hatte, dann aber versuchten auch sie, begütigend auf sie einzureden, und erklärten ihr, daß sie ohnehin bald da wären. Sie sei doch bisher so tapfer und verständig gewesen, und das, obwohl einmal ein Mensch aus ihr werden würde.

»Es war zuviel für sie. Es war einfach zuviel für sie«, behauptete die Kröte. »Ihr wißt doch, wie empfindlich Menschen sind, wenn es um die eigene Haut geht.«

»Wenn ihr mich fragt, hat sie Hunger«, meinte das blinde Huhn mit seinem Hausverstand. Schließlich war ja das Picknick in dem Kämmerchen gar nicht erst zustandegekommen. Die Idee fand bei allen große Zustimmung, und sie beschlossen, sich sogleich am Ende des Ganges eine Pause zu gönnen und sich an die Vorräte in Machtnix' Tornister zu machen.

»Vielleicht trägt sie auch zu schwer.« Ein Einwand, der von Klein-Gottfried kam.

Der Gang führte leicht, aber stetig bergan, und an seinem vorläufigen Ende verbreiterte er sich zu einer Höhle, in die von oben ein wenig Licht fiel. Diese Höhle sah so aus, als würde sie gelegentlich als Aufenthaltsraum benutzt. Es befanden sich zusammengeschichtete Laubhaufen darin, auf denen man bequem sitzen konnte. Machtnix hatte sich wieder soweit in der Hand, daß sie sich wie sonst benehmen konnte. Sie hob den Tornister von den Schultern und holte die Vorräte heraus, die sie je nach Wesen und Bedarf verteilte. Erst jetzt bemerkte sie, wie hungrig sie tatsächlich schon gewesen war, und sie aß mit solchem Appetit und so rasch, daß die ohnmächtelnde Maus, die sich in ihren Schoß gesetzt hatte, kaum mit dem Aufsammeln der herabfallenden Krumen nachkam. Das Huhn pickte mit ebendemselben Drang den Pumpernickel auf, den Machtnix extra für es eingepackt hatte, während die zweifaltige Kröte sich aus dem vollen versorgte. Insekten und kleinere Schnecken gab es überall, ganz zu schweigen von Würmern. Und die Kröte behauptete mit Nachdruck, daß Höhlenwürmer ohnehin die besten seien.

Die Ratten nahmen das Angebot, zu kosten, höflich an, erklärten dann aber, sie seien Selbstversorger und wollten Machtnix und ihren Gefährten nichts wegfressen. Schließlich müßten diese noch durch einen anderen Teil der Stadt, und das oberirdisch, und da könne man nie wissen. Was man bei sich habe, habe man bei sich. Als Machtnix nach Stunden wieder erwachte, fühlte sie sich gestärkt und ermuntert, und während sie sich noch gehörig reckte, waren die anderen schon aufbruchsbereit.

»Wir werden versuchen, durch einen der Notausgänge in den Schacht zu gelangen«, erklärte der Oberratt. »Es ist nicht mehr weit, und wir besprechen es lieber gleich. Ich glaube nicht, daß wir bis ins Innerste vordringen können, aber meines Wissens gibt es in der Schachtummantelung einige Beobachtungsfenster. Ein Blick durch sie wird uns deutlich genug zeigen, was die Erde mit ihrem Furunkel meint.

Machtnix hatte sich genug gestreckt. Sie nahm den Tornister, der nun um einiges leichter war, wieder auf die Schultern, stand vom duftenden, raschelnden Laub auf und schloß sich den anderen an.

»Bedenkt, daß wir immer fluchtbereit sein müssen. Natürlich sind der Schacht und seine Umgebung bestens gesichert, kapiert?! Aber wahrscheinlich liegen wir gerade noch unter der Alarmgrenze. Wenn das hält, können wir anschließend mit dem Lift bequem nach oben fahren, kapiert?! Er ist nicht rund um die Uhr bewacht, ich meine von Personen bewacht. Meine Garden haben alles ausgekundschaftet, kapiert?! Sollten wir dennoch erfaßt werden« – er blickte auf Machtnix, so als fürchte er vor allem ihretwegen – »müssen wir den ehemaligen Baupfad hinaufflüchten, den ich euch jetzt zeigen werde, kapiert?!« Der Oberratt schien ziemlich nervös zu sein. So oft versicherte er sich sonst nicht, ob sie wohl alle kapiert hätten.

Sie gingen ein Stück, und dann fingen die Ratten mit einemmal zu graben an, was so plötzlich geschah, daß Machtnix gar nicht dazu kam, ihre Hilfe anzubieten. Schon waren die Ratten durch das Loch auf die andere Seite gekrochen, in jenen Baupfad eben, als sich herausstellte, daß zwar Machtnix selber hindurchkriechen konnte, der Kinderwagen aber noch zu groß dafür war. Also fingen die Ratten nochmals mit Erdarbeiten an, während Machtnix den Kinderwagen in die Öffnung drückte. Die Verbindungswand war ziemlich dünn, so daß es gar nicht lange dauerte, bis das Loch auch für den Kinderwagen groß genug war. Doch sobald sie ihn auf der anderen Seite hatten, gab der Rest der Wand nach und verschüttete einen Teil des Baupfades, was ihnen bei einer möglichen Flucht sicher hinderlich sein würde. Aber daran ließ sich jetzt auch nichts mehr ändern.

Der Baupfad führte nun wieder ein Stück bergab, und nach etwa zehn Minuten mündete er in einen beleuchteten, kreisförmigen Gang, und gerade in dem Moment, in dem sie ihn betreten hatten, knackte es in einer der Kontrollanlagen. Sie blieben augenblicklich und mit stockendem Atem stehen.

Nichts geschah. Und als sie aufatmend weiter wollten, erschreckte sie eine schnarrende Apparatenstimme. »Fehlalarm! Fehlalarm!«
Der Oberratt machte »ahem!« und sagte leise zu Machtnix: »Vielleicht könntest du auf allen vieren gehen, so wie wir, und wir ziehen den Kinderwagen einfach hinterher.«
Machtnix ließ sich auf alle viere nieder, und so umkreisten sie den Schacht noch ein Stück, bis sie zu einem der vom Oberratt erwähnten Sichtfenster kamen, das auf halber Höhe angebracht war, so daß Machtnix im Sitzen durchschauen konnte.
Sie wußte wohl selbst nicht, womit sie eigentlich gerechnet hatte, aber der Anblick, der sich ihnen bot, war so erschreckend und fremdartig, daß sie alle erst einmal schluckten, bevor sie in ein merkwürdiges Gaffen verfielen.
»Das sind die größten, die je erzeugt wurden«, wisperte Klein-Gottfried, der vom Kinderwagen aus durch das Sichtfenster spähte, andächtig. »Wenn die verglühen, verglüht je ein halber Kontinent mit, von den Folgeerscheinungen ganz zu schweigen.«
Dem Oberratt, der auf zwei seiner Garden geklettert war, um besser sehen zu können, fielen beinah die Augen aus dem Kopf, und aus seinem Mundwinkel troff selbstvergessen ein kleiner Speichelfaden.
»Bei Dingen, die so groß sind, mache ich immer die Augen zu.« Die Maus schmiegte sich in Machtnix' Schlüsselbeingrube, während das blinde Huhn ein wenig zu flattern begann und wissen wollte, wie die Dinger nun wirklich aussahen.
»So wie ich«, meinte Klein-Gottfried nicht ohne Stolz, »nur sehr viel größer, sagen wir: gigantisch.«
Machtnix glotzte, daß ihr die Lidränder brannten, und mit einemmal hatte sie das Gefühl, daß die bei-

den Riesendinger zu allem Überfluß auch noch grinsten, so als sei ihnen vollkommen bewußt, welche Kraft der Zerstörung in ihnen steckte. Und je spöttischer sie grinsten, desto stärker überkam Machtnix der Wunsch, auf den erwähnten Knopf zu drücken, um zu sehen, wie sie abhoben und ihnen dieses entsetzliche Grinsen verging. Und je heftiger dieser Wunsch wurde, es den beiden zu zeigen, desto mehr Angst bekam Machtnix, nicht nur vor den Dingern, sondern auch vor ihren eigenen Wünschen, und ihr war klar, daß sie sofort von hier weg mußte, gleichgültig wie, nur weg.
Schon wollte sie aufspringen und losrennen, da hüpfte ihr der Oberratt geistesgegenwärtig auf die Schulter – vor lauter Schreck fiel die Maus nicht einmal in Ohnmacht – und zischte ihr ins Ohr: »Bleib auf dem Boden! Auf dem Boden bleiben! Da sind überall Alarmanlagen, kapiert?« Die zweifaltige Kröte hatte sich mittlerweile wieder auf ihren Kopf gesetzt und redete ihr gut zu. »Keine Panik, mein liebes Kind, keine Panik! Wir ziehen uns in Ruhe zurück, auf allen vieren und ganz in Ruhe, dann kann überhaupt nichts passieren.«
Machtnix liefen die Tränen über die Wangen, und sie schluchzte leise, aber im großen und ganzen hielt sie sich an die Anweisungen ihrer Freunde, die sie mehr schoben als zogen, und als es ihnen schließlich gelungen war, den Lift zu betreten, war Machtnix wieder soweit, daß sie diesen Knopf drücken konnte. Die Tür schloß sich, und sie fuhren nach oben. Jetzt war es Machtnix, die mit noch tränennassen Augen das Gesicht verzog, und was dabei herauskam, war ebenfalls eine Art Grinsen.
Der Lift hatte sich kaum in Bewegung gesetzt, als er auch schon wieder hielt. Kein Vergleich zu dem, mit

dem sie zum Kopf der Erde hinuntergefahren waren. Sie stiegen in einem verfliesten Vorraum aus, und die Ratten wurden langsam unruhig. »Wir verschwinden, kapiert?! Und lassen uns erst wieder anschauen, wenn wir mehr über die Zentrale wissen. Es gibt da ein Gerücht« – der Oberratt lauschte ständig nach irgendwelchen Schritten –, »daß einige der Dinger in der Zentrale sich des U-Bahnnetzes bemächtigt haben und damit nach dem alten System FANG DIE MAUS spielen.«
»Da seht ihr es wieder!« Und vor Entrüstung legte die Maus sofort eine kleine Ohnmacht hin.
»Das heißt«, fuhr der Oberratt fort, »sie schaffen es von Zeit zu Zeit, eine Zuggarnitur in den Keller der Zentrale zu lotsen. Da aber niemand außer den Dingern selbst weiß, wie sie das Spiel spielen, läßt sich auch nicht vorhersagen, in welcher Zuggarnitur man wirklich in den Keller der Zentrale kommt. Wenn ihr aber jetzt durch diese Tür geht, kommt ihr in eine U-Bahnhaltestelle.«
»U-Bahn?« fragte die zweifaltige Kröte, »sollte es nicht lieber K-Bahn heißen?«
Der Oberratt hob irritiert den Kopf, ließ es aber nicht einmal blickweise an Respekt fehlen.
»Ich meine Unken-Bahn klingt doch nur halb so gut wie Krotten-Bahn!«
Machtnix lächelte schief. Sie erinnerte sich dumpf, aber immerhin erinnerte sie sich. »Wir sind noch immer im Untergrund«, sagte sie milde belehrend, »und in keiner Grotte, darum heißt es nicht G-Bahn, sondern U-Bahn.«
Die zweifaltige Kröte schaute ziemlich enttäuscht drein.
»Ihr steigt also ein und wartet ab, was geschieht. Sollte es einem der Dinger auf Anhieb gelungen

sein, die Maus ins Ziel zu bringen, bleibt ihr einfach sitzen, bis wir kommen. Da es überall Ratten gibt, und alle instruiert sind, wird es nicht lange dauern, bis wir die Nachricht erhalten und tatsächlich wissen, wo die Zentrale liegt. Sie ist so gut getarnt, daß nicht einmal wir es bis jetzt herausgefunden haben. Aber wir werden es erfahren, sobald ihr angekommen seid, kapiert?!«

»Und wie sollen wir merken, daß wir da sind?« Die Maus sprach unmittelbar aus ihrer letzten Ohnmacht heraus. »Steht plötzlich eine riesige Katze vor uns und grinst, so wie diese Riesendinger, oder schnappt eine von den altmodischen Fallen zu, die man nur mehr auf Plakaten sieht?«

Der Oberratt zögerte einen Moment und warf dann der Maus einen bedauernden Blick zu. »Ich muß es eurer eigenen Klugheit überlassen, das herauszufinden. Aber ich bin überzeugt, ihr packt es. Und gleich darauf kommen wir. Unser unterirdisches Schlupflochsystem ist bestens entwickelt und sehr weitläufig. Sollte es aber so kommen, wie ich vermute, nämlich daß ihr bis zum Innenstadtring fahrt, steigt ihr aus und geht nach oben. Dort schlagt ihr euch zu einer anderen U-Bahnhaltestelle durch und versucht es wieder. Ich könnte natürlich sagen, fahrt so lange, bis ihr in der Maus landet, aber kein Wesen hält es aus, tagelang in der U-Bahn zu leben. Ihr müßt also eure Möglichkeiten gefühlsmäßig beurteilen. Übrigens befindet sich beim Ausgang der U-Bahn ein genauer Plan des Netzes, und ich rate, ihn euch so genau wie möglich einzuprägen.«

In diesem Augenblick wurde das blinde Huhn wieder unruhig. Diesmal reagierte Machtnix sofort und band ihm den Schnabel zu, bevor es noch sein großes Spektakel abziehen konnte.

Das Ei war noch warm, als Machtnix es sich einverleibte, unter den begierigen Blicken des Oberratt. Aber diesmal war sie an der Reihe, und während sie den Kopf hob und die Augen schloß, um das Ei besser ausschlürfen zu können, waren die Ratten auch schon verschwunden. Nur die Maus hatte einen Blick dafür, durch welches Loch sie sich verdrückt hatten, und schaute ihnen sehnsüchtig nach. Doch stand ihre Treue außer Zweifel.

Als Machtnix dem blinden Huhn den Schnabel wieder aufgebunden hatte, bemerkte dieses nachdenklich: »Ob die Erde tatsächlich ihr Versprechen wahr macht?«

»Daß wir in ihren Schoß zurück können, wenn es brenzlig wird?« Die Maus hatte die Idee des Oberratts großartig gefunden.

»Nein. Mein Ei auszubrüten, obwohl ich schon längst nicht mehr weiß, wie sich ein Hahn anfühlt.«

Da quakte die zweifaltige Kröte dazwischen. »Wenn sie nicht längst darauf vergessen hat, macht sie schon noch ein Küken daraus, glaub es oder glaub es nicht.«

Das blinde Huhn seufzte, was es sonst nie tat, und ging als erstes durch die Tür, die Machtnix soeben geöffnet hatte.

Der Lärm, die Menschenmassen, die ununterbrochene Bewegung, das alles traf sie völlig unerwartet. »In Deckung!« rief Machtnix im ersten Schreck ihren Gefährten zu, und man muß zugeben, daß auch alle sofort taten, was zu tun war. Das blinde Huhn hopste gekonnt in seinen Einkaufskorb, die Maus und die Kröte krochen in den Schlafsack zu Klein-Gottfried, und Machtnix zog den Reißverschluß herauf und die Kapuze herunter. Aber niemand schien sich für sie zu interessieren, ja auch nur Notiz von ihnen zu nehmen. So wie die Menschen sich bewegten, kamen sie Machtnix vor wie Marionetten, die von irgendwelchen Fäden in irgendwelche Richtungen gezogen wurden, ob sie es wollten oder nicht, und alles ging so rasch, daß kaum jemand auf etwas anderes achtete als auf Ein- und Ausgangstüren, Stationsnamen und Rolltreppen.
Machtnix mußte sich an die Geschwindigkeit, mit der alles vor sich ging, erst gewöhnen und blieb im Hintergrund, um Ordnung in ihre Beobachtungen zu bringen. Vielleicht war auch gerade das, was man Stoßzeit nannte. Dieses Wort fiel ihr plötzlich ein, aber sie war sich nicht mehr ganz sicher, was es bedeutete, die vielen Menschen oder daß man tatsächlich gestoßen wurde. Sie wartete ein Weilchen ab. Mit der Zeit stießen sich dann weniger Menschen gegenseitig an, und Machtnix überlegte, in einen der ständig ankommenden und abfahrenden Züge zu steigen. Als nächstes kam eine lange Garnitur, und sie schob den Kinderwagen in den letzten Waggon, in dem viele Frauen saßen, die unter ihren Einkaufstaschen und Päckchen beinah ver-

schwanden. So gab es zum Glück niemanden, der auf das Kind im Kinderwagen neugierig war. Nach ein paar Stationen waren dann auch die Frauen ausgestiegen, und da der Waggon sich ganz am Ende befand, stieg auch niemand mehr zu.

»Jetzt bin ich wirklich gespannt, ob wir in der Maus sitzen«, sagte Machtnix mehr zu sich selber, aber die ohnmächtelnde Maus, die trotz aller Vorsicht immer wieder aus dem Schlafsack gelugt hatte, meinte: »So eine lange Maus gibt es nicht, das sage ich dir.« Und auch Machtnix kam es mittlerweile so vor, als würden sie demnächst an einer ganz gewöhnlichen Haltestelle aussteigen. Das Innere des Waggons war mit Bildern und Aufschriften tapeziert, und da es sonst kaum etwas zu sehen gab, fing Machtnix wieder einmal mit Lesen an. Plötzlich stockte sie. Da stand in großen Buchstaben HÜHNERAUGEN? KEIN PROBLEM! BESUCHEN SIE UNS ZU EINEM KOSTENLOSEN AUGENSCHEIN! FIRMA LAUFWOHL IM STADTZENTRUM.

Das blinde Huhn gackerte leise und aufgeregt vor sich hin und bat Machtnix, ihm das Ganze noch einmal vorzulesen, es habe möglicherweise etwas nicht richtig verstanden. In diesem Augenblick hielt die U-Bahn wieder, und eine Stimme rief: »Innenring! Alles aussteigen, bitte!«

Machtnix griff sich den Kinderwagen und verließ mit ihren Gefährten die U-Bahngarnitur, die gleich darauf durch einen Tunnel abgezogen wurde. Das Huhn wetzte noch immer unruhig hin und her, und die zweifaltige Kröte erklärte: »Da hätten wir ja bereits ein Ziel«, bevor sie mit unternehmungslustigem Blick im Schlafsack verschwand.

Machtnix beobachtete eine junge Frau, wie sie mit einem Kinderwagen die Rolltreppe hinauffuhr, doch als sie es dann selber versuchte, wäre sie beinahe samt Kinderwagen und Klein-Gottfried abgestürzt, hätten nicht von hinten ein paar Jugendliche nachgedrängt, die es ziemlich eilig hatten, so eilig, daß Machtnix gar keinen Platz zum Abstürzen fand. Und als sie oben ankamen, warnten die Jugendlichen sie, indem sie ihr zuriefen, den Kinderwagen vorne ein wenig anzuheben, damit er keine Stauung verursache. Doch kaum war Machtnix das Aufsetzen geglückt, rannten die Jugendlichen hinter ihr los und hätten sie wahrscheinlich umgestoßen, wenn sie den Kinderwagen nicht gegen einen Fahrkartenautomaten gestemmt hätte.

»Alles wird schneller«, sagte Machtnix vor sich hin, und da hatte sie auch schon den Rat der Ratten vergessen, sich auf einer der Schautafeln das U-Bahnnetz genau einzuprägen.

Das blinde Huhn wisperte von unten: »Bitte, versuch dich in Richtung Stadtzentrum zu halten. Du weißt schon ...«

Machtnix nickte, was das Huhn zwar nicht sehen, aber spüren konnte. »Ich wollte die Dinge, die ich vom Hörensagen über die Kapitale weiß, nie so recht glauben, aber es ist anscheinend doch etwas daran.«

Schon als Machtnix aus dem U-Bahnhof trat und die Stadt, besser gesagt, diesen Teil der Stadt, zum ersten Mal sah, kam ihr vor, als verginge alles hier tatsächlich schneller. Die Menschen bewegten sich ausschließlich im Laufschritt, wenn sie nicht in Autos saßen, die allerdings langsamer fuhren, weil die Straßen ständig verstopft waren.

Machtnix blieb an eine Hauswand gelehnt stehen, und es dauerte gar nicht lange, bis sie Zeugin eines gräßlichen Unfalls wurde. Einer der vielen Fahrradboten hatte die Glaswand eines Gebäudes nicht rechtzeitig als Glaswand erkannt und war mit Höchstgeschwindigkeit in die spiegelnden Scheiben gekracht, daß sein Fahrrad sich zu einer Spirale einkrümmte und das Blut die Bruchstellen der Scheiben entlangfloß. Es dauerte ziemlich lange, bis die Rettung kam. Da der Rettungswagen im Stau steckte, mußte ein Rettungshubschrauber auf dem Dach des nächsten Hochhauses landen, und bis dann die Rettungsleute endlich unten auf der Straße waren – jemand behauptete, es sei deshalb so viel Zeit verstrichen, weil alle Lifte besetzt gewesen wären –, war der unglückselige Fahrradbote bereits verblutet. Machtnix hätte gerne geholfen, aber da sie dem ständigen Hin-und-her-Gedrängtwerden nicht gewachsen war, schnitt ihr immer wieder jemand den Weg ab oder zischte so hurtig an ihr vorüber, daß sie von neuem an den Rand der Straße gedrängt wurde. Als sich dann endlich jemand um den Verletzten kümmern konnte, war ihm nicht mehr zu helfen gewesen. Nur das Hinterrad seines zusammengestauchten Flitzers drehte sich noch.

Nach einer Weile erst begriff Machtnix, warum die Menschen andauernd in die Luft schauten, und das, obwohl sie sich so rasch bewegten. Die Stadt hing voller Bildschirme, die alle auf die Leute in den Straßen gerichtet waren, die wiederum die Bildschirme nicht aus den Augen ließen.

»Was bedeutet das?« fragte Machtnix ein Mädchen auf Rollschuhen, das ungefähr so alt sein mochte wie sie selber. Es hatte langes blondes Haar und trug ein mit Blumen bedrucktes Samtkleid sowie veilchenfarbene Strümpfe, und Machtnix kam sich gleich noch viel schäbiger vor. Es fuhr im Augenblick nicht so schnell wie die anderen, obwohl es auch den Blick nach oben gerichtet hatte. Es konnte Machtnix höchstens aus den Augenwinkeln wahrgenommen haben, antwortete aber trotzdem: »Was bedeutet was?«

»Die Dinger, zu denen alle aufschauen.«

»Du meinst die Vermittler?«

»Ich wußte nicht, daß sie so heißen.«

»Die Vermittler dienen dazu, daß man sich nicht abhanden kommt. Solange du dich in einem Vermittler erkennen kannst, bist du da. Es gibt dich, und du hast Anspruch auf die Lebenserhaltung.«

»Lebenserhaltung?« Machtnix schüttelte sich bei dem Wort. »Und wer sorgt für die Lebenserhaltung?«

Das Mädchen antwortete nicht, und Machtnix bemerkte, wie es dem Vermittler über ihnen zuzwinkerte. Sie schaute sich um und erblickte ein anderes Kind auf einem Skateboard, einen Knaben, der ebenfalls zu dem Vermittler hinaufzwinkerte. Offenbar unterhielten sich die beiden auf diese Weise miteinander.

»He, du!« rief Machtnix dem Mädchen, das sich schon wieder ein Stück von ihr entfernt hatte, hinterher: »Warum schaust du mich denn nicht an?«

»Wo bist du?« fragte das Mädchen zum Bildschirm hinauf. »Ich kann dich nicht sehen. Du hast zwar eine Stimme wie unsereins, aber ich erkenne dich nicht wieder.« Und dann war das Mädchen in der Menge verschwunden und der Knabe ebenfalls.

Machtnix zog den Kinderwagen in eine Einfahrt, in der sich kein Vermittler befand und wo es ein wenig dunkler als auf der Straße war, und flüsterte: »Kein Wunder. Wir haben uns ja auch noch nie zuvor gesehen.« Und sie hockte sich neben den Kinderwagen.

»Jetzt kontrollieren sie auch schon die Straße.« Klein-Gottfried rollte ein wenig auf die Seite. »Bei uns im Werk gab es auch Vermittler, aber wir waren schließlich geheim. Wo Bomben hergestellt werden, ist immer alles geheim. Selbstverständlich wird da alles überwacht.«

»Die überwachen sich selber«, empörte sich Machtnix. »Hast du nicht gesehen, wie sie ununterbrochen nach sich Ausschau halten?!«

»Wenn du dir bei allem zuschaust, siehst du leichter, was du falsch machst und kannst es verbessern«, erwog Klein-Gottfried. »Glaubst du nicht, daß es deshalb ist?«

»Ach was«, kreischte Machtnix, es schien sie furchtbar aufzuregen. »Die platzen noch alle vor Selbstsucht. Jeder sucht nur sich selbst auf diesem komischen Vermittler. Und wenn er sich doch einmal mit jemand anderem unterhält, schaut er zuerst, wie dieser andere zu ihm ins Bild paßt.«

»Darum hat das Mädchen dich nicht gesehen«, kicherte Klein-Gottfried unpassenderweise, »weil du nicht zu ihm ins Bild paßt.«

»Es kommt immer auf den Blickwinkel an.« Die zweifaltige Kröte kramte wieder einmal in ihrer Weisheitskiste, und die ohnmächtelnde Maus erklärte, sie sei ohnehin zu klein, um auf so hoch gehängten Bildschirmen aufzuscheinen, also ginge sie das Ganze nichts an.

Plötzlich hörten sie lautes Schreien und Schluchzen von der Straße her, und Machtnix fuhr mit dem Kinderwagen wieder nach draußen. Da kniete ein Mann auf dem Gehsteig und schlug sich immer heftiger mit dem Aktenkoffer gegen den eigenen Kopf. Dabei heulte und brüllte er in einem fort. »Ich bin nicht mehr im Bilde! Man hat mich überbelichtet, darum scheine ich nicht mehr auf! Jemand muß mich gelöscht haben!«

Das Blut floß bereits in dicken Fäden von seiner Stirn, und seine Arme zitterten, aber er hörte nicht auf, sich den Aktenkoffer auf den eigenen Kopf zu wuchten, bis er plötzlich umfiel. Bald darauf kamen zwei weiß gekleidete Uniformierte auf Rollschuhen mit einer Bahre den Gehsteig entlanggefahren, und als sie ihn bemerkten, hoben sie ihn sogleich auf die Bahre, schnallten ihn fest und rollten mit ihm davon.
Machtnix schob den Kinderwagen wieder dicht an eine Hausmauer. Das prunkvolle schmiedeeiserne Gitter über ihrem Kopf warf gerade so viele Schattenstäbe, daß die Sonne erträglich blieb. Die Menschen eilten in einem nicht endenwollenden Strom vorüber, aber keiner blickte sie an oder sah sich gar um nach ihr und dem Kinderwagen.
Die zweifaltige Kröte war aus dem Schlafsack gekrochen und versuchte, aus dem, was sie erblickte, schlau zu werden. »Die sehen uns doch gar nicht«, meinte sie nach einer Weile. »Tja, wir sind eben ein unüblicher Anblick.«
»Ich werde langsam schwindlig«, klagte Machtnix, »so wie da alle an einem vorbeisausen.«
»Solange sie nicht schneller als Fliegen sind …« Und die zweifaltige Kröte schnappte sich mit einem ungeheuren Gefühl für Geschwindigkeit einen dicken Brummer aus der Luft.
»Igitt!« machte sie gleich darauf, »so schmeckt wohl ein Auto.«
»In Deckung!« rief Machtnix wieder einmal, aber bevor die Kröte noch in den Schlafsack zurückkriechen konnte, ließ sich eine tiefe Männerstimme vernehmen, die aus einem dafür viel zu kleinen Körper – kaum größer als der von Machtnix – kam.
»Laßt nur, ich habe euch längst gesehen. Mir entgeht

auch in Zeiten wie diesen nichts«, sagte ein grünäugiger Zwerg mit rot geschminkten Lippen und in einem schwarz-weiß karierten Frack. Auf dem Kopf trug er einen ebenfalls schwarz-weiß karierten Zylinder und in der Hand ein kleines weißes Stöckchen mit schwarzen Enden. Auch er fragte als erstes, aus welcher Zeit sie kämen, dabei stocherte er mit seinem Stöckchen ein Stück von Klein-Gottfried frei, ohne etwas dazu zu bemerken.
»Wir kommen aus einer Zeit, in der man einander noch anschaute, wenn man miteinander sprach«, belehrte ihn die zweifaltige Kröte, und ihre Augen glitzerten goldfarben.
»Verstehe.« Der Zwerg holte ein kleines weißes Spitzentaschentuch aus seiner Fracktasche und wischte sich damit über Stirn und Nase. Für einen Frack war es wohl doch ein wenig zu heiß. »Ich frage, weil man heute in ganz verschiedenen Zeiten lebt. Selbst in dieser Stadt gehen die Uhren überall anders. Es gibt Viertel, da wird noch gekämpft wie in den vergangenen Zeitaltern ...«
Machtnix nickte. »Da waren wir schon. Und wenn Klein-Gottfried und die Maus nicht gewesen wären«, sie deutete auf den Kinderwagen, »hätten sie uns geschnappt.«
Der Zwerg vollführte eine zynische Geste, die soviel wie Halsabschneiden bedeutete und lachte. »Immerhin seid ihr bis hierher gekommen. Ich frage mich nur, wozu? Wer kommt freiwillig in diese unsere strahlende Zeit? Ich meine, wer unter den Verständigen, der nicht muß?«
»Wir müssen«, sagte Machtnix vorschnell. Gleich darauf blickte sie den Zwerg mißtrauisch von der Seite an und meinte: »Warum, sagen wir dir erst, wenn du uns sagst, wer du bist.«

»Verzeihung!« Der Zwerg zog den Zylinderhut vom Kopf und verneigte sich. »Gestatten, Mutig.«
»Machtnix«, sagte Machtnix. Sie schauten sich einen Augenblick lang wirklich in die Augen, dann stellte Machtnix auch die Gefährten vor. Der Zwerg hatte sich noch weitere viermal verbeugt, dann kam er wieder auf sich zu sprechen. »Ich bin Zwerg Mutig, und alle lieben mich. Ich erscheine täglich im Vorabendprogramm. Nur wer im Arbeitseinsatz ist, versäumt mich. Dafür werde ich am nächsten Tag noch einmal ausgestrahlt.«
»Und was geschieht mit dir, wenn du ausgestrahlt wirst?« Machtnix runzelte die Stirn, aber gleich darauf mußte sie lächeln, da die Maus wieder in ihre Schlüsselbeingrube kletterte und sie dabei kitzelte.
»Alle können mich sehen, während ich ihnen von Dingen erzähle, die sie nicht mehr sehen.«
»Ist das alles?« Machtnix riß die Augen auf und starrte die Vorübergehenden an.
»Sie brauchen mich. Sie denken, ich bestehe Abenteuer für sie in einer Zeit, für die sie keine Zeit mehr haben.«
Machtnix schüttelte den Kopf. »Aber sie sehen dich doch gar nicht. Genausowenig wie sie uns sehen.«
»Sei froh, daß sie uns nicht sehen«, quakte die zweifaltige Kröte dazwischen. »Ich wüßte nicht, welchen Vorteil es uns bringen sollte, von denen da gesehen zu werden.«
Zwerg Mutig spielte mit seinem Stöckchen. »Natürlich sehen sie mich nicht. Wer möchte mich schon auf der Straße gehen sehen, langsamer als die anderen, auf meinen kurzen krummen Beinen? Wo jeder sich größer vorkommen kann als ich. Nein. Sie lieben mich in Großaufnahme, wenn ich meinen Text aufsage und sie träumen lasse, indem ich ihnen Ge-

schichten von etwas anderem als ihrem eigenen Leben erzähle. Aber sie möchten dem anderen – und ich gehöre dazu – nicht unterwegs begegnen. Sonst ist es nicht mehr das andere, verstehst du?«
Machtnix versuchte angestrengt zu verstehen, aber es fiel ihr sehr schwer, und es kam eigentlich nichts dabei heraus.
»Übrigens«, es schien dem Zwerg gerade eingefallen zu sein, »habt ihr nicht Lust, in meiner Life-Show aufzutreten? Ich könnte mir vorstellen, daß meine Zuschauer sich für euch begeistern. Ihr braucht weiter nichts zu tun, als auf meine Fragen zu antworten. Natürlich sprechen wir zuvor alles ab, damit es keine Pannen gibt. Es gibt nichts Schlimmeres, als wenn jemand einfach zu sagen versucht, wie es wirklich ist, und das womöglich noch aus seiner eigenen verwickelten Sicht. Keine Angst, das kann euch mit mir nicht passieren. Mutigs Show ist berühmt für ihren spontanen Witz, der immer aufgeht.«
Machtnix schüttelte spontan den Kopf, und die Maus ließ sich spontan in den Kinderwagen fallen, während die zweifaltige Kröte sich spontan in den Schlafsack buddelte.
»Nein?« Zwerg Mutig konnte es gar nicht fassen. »Wieso denn nicht? Auch gut.« Und schon ging der Zwerg zu etwas anderem über. »Womit wir wieder bei meiner Anfangsfrage wären. Was tut ihr denn hier, in dieser sich überschlagenden Zeit?«
»STOPPT DIE ZENTRALE!« rief Klein-Gottfried unvermutet, und Zwerg Mutig machte sofort ein ernstes Gesicht. »STOPPT DIE ZENTRALE! Also ist doch etwas dran an den Gerüchten«, sagte er leise wie zu sich selbst und fügte lauter hinzu: »Da habt ihr euch aber viel vorgenommen, zu viel, denke ich.«

»Wir haben uns gar nichts vorgenommen«, erwiderte Machtnix. »Es ist einfach so gekommen.«
Zwerg Mutig begann lauthals zu lachen. Es war ein merkwürdiges Lachen, das eher wie ein Meckern klang, aber nicht wie das einer Ziege, sondern wie das Meckern eines Lachsacks. »Das ist die beste Erklärung, die ich je gehört habe. Ihr werdet es nicht glauben, auch das mit der Zentrale ist einfach so gekommen, auch das hat sich niemand vorgenommen. Und wenn ihr euch die Menschen hier so anseht, werdet ihr begreifen, daß sie es gar nicht bemerkt haben, daß alles so gekommen ist.«
Machtnix starrte wieder ein Weilchen in die vorüberdrängelnde Menschenmasse und meinte dann nicht gerade begeistert: »Wir versuchen es eben.«
»Und wenn es gelingt, wachen sie vielleicht auf …« führte die zweifaltige Kröte den Satz zu Ende, »… und denken wieder einmal darüber nach, woher sie eigentlich stammen.«
»Willst du nicht mit uns kommen?« fragte Machtnix.
Zwerg Mutig seufzte und deutete Richtung Straße. »Sie brauchen mich, und ich spiegele mich in ihnen. Ich schaue nie zu einem Monitor auf, komisch kann man nur sein, wenn man sich selber nicht sieht. Aber ich spiegle mich in ihren Augen, auch wenn ich mich dabei nicht wirklich sehe. Die vielen Anrufe, meine ungeheure Popularität, mein enormer Einfluß beweisen mir, wie sehr sie mich brauchen. Angenommen, eure Aktion STOPPT DIE ZENTRALE! läuft schief, würden sie sich von mir auf doppelte Weise betrogen vorkommen. Das kann ich nicht riskieren, wo ich doch in ihren Blicken am besten aufgehoben bin.«
»Schade.« Machtnix bedauerte es wirklich. »Uns ist nämlich manchmal ziemlich mulmig zumute, und

da wären wir froh, wenn wir jemanden bei uns hätten, der sich besser mit den Dingern auskennt. Oder der uns zumindest hin und wieder eine Geschichte erzählt, um uns aufzumuntern, so wie du das in deiner Sendung tust.«
»Abgesehen davon, daß ich mir mich gar nicht leisten kann für so eine private Unternehmung, bin ich untröstlich, meine Liebe.«
Zwerg Mutig schnitt ein so komisches Gesicht, daß sogar Klein-Gottfried lachen mußte.
»Vielleicht kann ich euch sonst irgendwie behilflich sein. Mit Tips, Ratschlägen oder Geld? Habt ihr Hunger?«
»Wir suchen eine neue U-Bahnstation und darin den Zug, der die Maus ist, mit der die Dinger spielen, und die jedes von ihnen selber in den Keller bringen möchte, ohne daß die anderen Dinger es bemerken.«
Zwerg Mutig hatte wahrscheinlich kein Wort von dem Spiel der Dinger verstanden, aber er war es von seinen Auftritten in der Life-Show her gewöhnt, sich auf alles einzustellen und daraus sofort auf die erwartete Antwort zu schließen, also sagte er ernst: »Ihr geht erst einmal ein ziemliches Stück von hier aus der Nase nach, dann biegt ihr nach rechts, dann zweimal nach links, und schon seid ihr bei der Zentrumspassage, in der sich die nächste U-Bahnstation befindet.« Er zog die Stirn in Falten, als müsse er ganz genau überlegen, und fuhr fort. »Dort wartet ihr, bis die Bahnhofsuhr fünf vor zwölf zeigt, dann steigt ihr in den Zug mit der Aufschrift ›Remise‹. Das könnte, wenn ich es recht überlege, eure Maus sein.« Er nestelte in seiner Fracktasche und zog einen Geldschein hervor. »Falls euch der Hunger überfällt.« Machtnix wollte das Geld nicht nehmen,

aber er stopfte es zu Klein-Gottfried in den Schlafsack.
»Danke«, sagte Machtnix, »warum tust du das?«
Zwerg Mutig lächelte gütig. »Es tut so gut, Gutes zu tun und von allen geliebt zu werden.«
Da schaltete sich das blinde Huhn ein, das bis dahin geschwiegen hatte. »Es soll da jemanden im Stadtzentrum geben, der Laufwohl heißt.«
»Laufwohl?« Zwerg Mutig kratzte sich unterm Zylinderhut. »HÜHNERAUGEN? KEIN PROBLEM! BESUCHEN SIE UNS ZU EINEM KOSTENLOSEN AUGENSCHEIN! FIRMA LAUFWOHL IM STADTZENTRUM! O ja, diesen Werbespot kenne ich, er kommt als letzter vor meiner Sendung.« Er betrachtete das blinde Huhn, verzog den Mund und meinte: »Zuerst die gute Nachricht, die Firma Laufwohl hat eine Filiale in der Zentrumspassage, weil sie überall eine Filiale hat. Und die schlechte Nachricht ...« Er schaute noch einmal das blinde Huhn an und dann Machtnix, so als wisse diese Bescheid und er könne sich augenzwinkernd aus der Affäre ziehen. Aber Machtnix wußte nicht Bescheid und war ihm somit keine Hilfe. »Und die schlechte Nachricht, das mit den Hühneraugen hat noch nie so recht geklappt. Ich würde an eurer Stelle lieber in einer Apotheke nach Augentrost fragen.« Zwerg Mutig verneigte sich rasch und war dann plötzlich verschwunden. Offenbar konnte er, wenn er nur wollte, genauso schnell gehen wie seine Zeitgenossen.
»Merkwürdig«, gackerte das blinde Huhn vor sich hin, »je näher man dem bißchen Hoffnung kommt, desto mehr verwirrt sich alles.«
Rasch, wie die Zeit hier nun einmal verging, war es wieder Abend geworden, und die Straßen erglommen in einer Art ewigen Weihnachtsbeleuchtung, nur daß

das Tannenreisig durch Blattimitationen und die Sterne durch künstliche Blüten ersetzt worden waren.

FRAU HOLLE & CO

Als sie endlich die Zentrumspassage ausfindig gemacht hatten, was nach der Beschreibung von Zwerg Mutig gar nicht so einfach gewesen war, – und auch dann hieß sie Central-Passage und nicht Zentrumspassage –, waren die Geschäfte bereits geschlossen, natürlich auch die Filiale der Firma Laufwohl. Nur die Zeitungs- und Tabakkioske sowie die Apotheke hatten noch offen, und so wollten sie zumindest etwas Augentrost für das blinde Huhn besorgen. Machtnix holte den Geldschein hervor, den der Zwerg in den Schlafsack gesteckt hatte. Sie wollte nicht noch einmal etwas nehmen, ohne zu bezahlen, selbst wenn da irgend etwas von GRATIS stehen sollte.

Doch gerade als sie den Kinderwagen vor der Apotheke abgestellt hatte und mit dem Geldschein in der Hand hineingehen wollte, spürte sie, wie jemand sie an der Schulter packte, und sie hörte eine Stimme, die ihr nur zu bekannt vorkam. »Deinetwegen habe ich nichts als Schwierigkeiten, daß du es weißt! Und was machst du überhaupt mit so viel Geld? Klein, wie du bist, hast du doch keine Ahnung, wofür Geld gut ist. Ich hingegen werde verrückt, wenn ich mir nicht ein bißchen Stoff kaufen kann.« Und der Bursche nahm Machtnix den Geldschein weg. Er war schon wieder gewachsen und hatte rote, zerfranste Augen in seinem bleichen Gesicht.

Machtnix war wieder einmal so erschrocken, daß sie keinen Mucks machte, und als sie dann doch etwas sagen wollte, war der Bursche schon zu weit weg. Zum Bildschirm aufblickend, sah sie den Burschen lächeln und ihr Kußhände zuwerfen. An der Ecke hatte bereits ein anderer Bursche auf ihn gewartet, der ebenfalls freundlich herüberwinkte, während sie sich mit einem dritten Burschen trafen, der ihnen etwas zusteckte und dafür den Geldschein in Empfang nahm. Auf dem Bildschirm wirkte das Ganze sehr freundschaftlich, und Machtnix sah ein, daß der Geldschein endgültig verloren war und es an diesem Abend für das arme blinde Huhn weder neue Augen noch Augentrost geben würde.

Auch die anderen fanden es niederträchtig, aber das blinde Huhn meinte nur: »Jetzt war ich so lange blind, ein paar Tage mehr bringen mich auch nicht um.« In Wirklichkeit wollte es nur nicht, daß Machtnix sich auch noch Vorwürfe machte.

Es war zwar erst gegen elf, aber Machtnix fuhr schon mit dem Kinderwagen die Rolltreppe hinunter zu der Haltestelle, an der sie auf den Wagen mit der Aufschrift »Remise« warten wollte. Sie ging ein paarmal zwischen den noch immer – wenn auch in größeren Abständen – Ein- und Aussteigenden auf und ab, bis sie auf einen Seitengang stieß, in dem Bänke aufgestellt waren.

Eine alte Frau, die mehrere Kleider und Mäntel übereinander und auf dem Kopf eine Wollmütze mit Bommeln trug, hielt eine Doppelliterflasche unterm Arm und goß daraus zwei ziemlich heruntergekommenen Männern etwas in die Pappbecher. Dazu redete sie ununterbrochen in einer begütigenden Art auf die beiden ein.

»Kommt nur, ihr meine Lieben, stärkt euch ein wenig, vergeßt diese gräßliche, flächige Oberwelt, die keine Gnade und kein Mitleid kennt, schon gar nicht mit ihren besten und klügsten Köpfen. Spült eure Wunden, spült euren Geist, spült eure Seele. Findet euch ein beim Wasser der wahren Freundschaft, vergeßt eure Kränkungen, vergeßt das Scheitern, vergeßt die Ungerechtigkeiten und die Entbehrungen, den falschen Ruhm und die echten Tränen ...«

In Machtnix' Ohren klang das alles sehr beruhigend. Sie hatte sich auf die Nebenbank gesetzt, und da fiel ihr die Klebstofftube wieder ein, die sie – noch immer unberührt – in ihrer Rocktasche trug. Sie holte sie hervor, und schon war die Kröte auf ihren Schoß gehüpft.

»Das nenn ich mir eine Idee«, meinte sie aufgeräumt, und Machtnix ließ sie ein wenig schnuppern, aber nicht zu viel, denn sie durften ja nicht einschlafen. Machtnix beruhigte sich bald, und als sie den Blick hob, bemerkte sie, daß es in diesem Teil des Ganges keinen Vermittler gab, und sie fühlte sich zum ersten Mal seit langem wieder beinah geborgen.

Erst jetzt bemerkten die alte Frau und die beiden Männer, daß sie Gesellschaft bekommen hatten. Die Frau schenkte sich gerade selber ein, und dann prosteten sie alle drei zu Machtnix herüber. »Willkommen im Paradies!« rief die alte Frau mit überschwappender Stimme. »Es hat sich alles umgekehrt. Jetzt ist hier unten das Paradies, wenn das Paradies nicht von Anfang an ein Schwindel war.« Sie hob wieder den Becher, und Machtnix grüßte mit einem Kopfnicken zurück. »Auch wir sind froh, daß wir endlich hier unten sind.«

»Wer wir? Ich sehe nur dich. Willst du nicht näherkommen? Es ist noch Platz auf unserer Bank.«

Machtnix stand auf, nahm die Kröte auf den Arm und zog den Kinderwagen hinter sich her. Bevor sie sich zu der alten Frau und den beiden Männern setzte, stellte sie sich, die Tiere und Klein-Gottfried vor. Die alte Frau war gerührt von ihrer Höflichkeit und fing sofort an, den Kinderwagen hin und her zu schieben, als müsse sie einen brüllenden Säugling beruhigen, dabei hatte Klein-Gottfried, dem das sehr zu behagen schien, noch keinen Ton von sich gegeben.

»Ich bin Frau Holle«, sagte die alte Frau, »und das hier ist Freund Dädalus, und der andere ist mein Sohn, der vergessene Einstein.«

Die beiden Männer nahmen je einen Schluck und verbeugten sich.

»Was ist das nur für eine Zeit«, schwatzte Frau Holle darauf los, »in der wir uns nur hier unten wohlfühlen, während da oben die Hölle los ist.«

»Das kann ich dir schon sagen, Mütterchen«, erwiderte der vergessene Einstein. »Es ist eine Zeit, die alles vergessen hat, vor allem, was sie zu so einer Zeit gemacht hat.«

»Eine rasende Zeit, die immer mehr ausläuft«, meinte Dädalus nach einem tiefen Blick in seinen Becher. »Eine Zeit, die sich so sehr beschleunigt hat, daß sie nicht mehr weiß, wie ihr geschieht, besser gesagt, wie sie geschieht.«

»Eine Raffzeit, die es fertiggebracht hat, Gottes Würfel zu klauen.«

»In Wirklichkeit würfeln längst die *Kis* und die *Comas* miteinander. Ist doch nur logisch.«

»Wer sollen denn die wieder sein?« Machtnix schüttelte verwirrt den Kopf.
Der vergessene Einstein hüstelte nervös. »Die *Kis*, das sind die, die so tun, als sei es ein Kinderspiel, die Menschen nach und nach zu ersetzen, und die *Comas* sind die *Comic*-Figuren unter den *Mache-Alles*-Maschinen.«
»Nicht zu vergessen die *Robos«,* warf Dädalus ein, »diese *romantischen Bodenschrubb*-Maschinen, von denen man sich erhofft, daß sie eines Tages auch noch so etwas wie ein Herz haben werden.«
Frau Holle gönnte sich einen ausgiebigen Schluck. »So heißen die Dinger in der Zentrale. Ganz schön angeberisch, was?«
Diesmals war es das blinde Huhn, das nicht mehr an sich halten konnte. »STOPPT DIE ZENTRALE!« gackerte es, so laut es konnte.
»Hör sich einer das an«, kicherte Frau Holle. »Hab ich es mir doch gleich gedacht, daß ihr zu etwas unterwegs seid. Nicht wegen der kleinen Bombe da, aber eure Gesichter sind so, wie soll ich sagen, aufgeweckt.«
Machtnix streichelte das blinde Huhn und meinte entschuldigend: »Es ist deshalb so aufgeregt, weil es seine Hoffnung in eine Aufschrift in der U-Bahn gesetzt hat. Es ist damit reingefallen. Wir alle sind damit reingefallen. Das blinde Huhn steckte den Kopf unter den Flügel, um sich seine Enttäuschung nicht anmerken zu lassen.
»STOPPT DIE ZENTRALE! klingt ja ganz gut« räumte Frau Holle ein, »aber ganz so einfach schiebt sich das nicht.«
»Abschalten!« krächzte Klein-Gottfried. »Und dazu müssen wir herausfinden, wo der Schalter ist.«
»Zwerg Mutig hat uns den Tip gegeben, auf die

Bahn um fünf vor zwölf zu warten, auf der REMISE steht, die ist es vielleicht«, erklärte die Maus.

Der vergessene Einstein schlug sich auf die Stirn. »Eia popeia, da raschelt also das Stroh! Man muß nur darauf kommen. Ausgerechnet dieser TV-Hanswurst soll herausgefunden haben, wie einfach es ist? Zufall oder Notwendigkeit, das ist hier die Frage! Wie immer die Antwort ausfallen mag, man muß erst einmal darauf kommen.« Er schlug sich nun abwechselnd auf die Schenkel und auf die Stirn, wobei er etwas aus seinem Becher verschüttete.

»Verschwender!« rief Frau Holle, »deshalb mußt du ja nicht gleich den kostbaren Saft ausgießen.«

»Saft?« fragte Machtnix. »Die Dinger brauchen angeblich ebenfalls Saft. Vielleicht kann man ihnen den Saft abdrehen?!«

»Wie einfach die kompliziertesten Dinge im Grunde angelegt sind, man muß nur begreifen, wovon ausgegangen wurde. Immer nach dem alten Motto: je einfacher, desto wahrscheinlicher! Und wenn es euch gelingt, die Saftzufuhr zu kappen, werden einige der *Kis* anfangen, sich gegenseitig abzuschalten, um an den letzten Tropfen zu kommen, während die *Comas* versuchen werden, sich selber zu löschen. Aggression und Autoaggression. Gewisse menschliche Eigenschaften haben sich schon beim Bau der ersten Generation übertragen, sie sind unbewußt miteinprogrammiert. Eine neue Art von Vererbungslehre zeichnet sich ab. Darüber sollte man einmal eine Studie machen.«

»Augenblick«, unterbrach Machtnix. »Ich verstehe immer nur Bahnhof, aber wenn es stimmt, was Zwerg Mutig gesagt hat und dieser Remise-Zug wirklich die Maus ist, dann erklären Sie uns doch bitte, wie wir in die Zentrale kommen, ohne erwischt zu werden, wenn Sie doch so viel von den Dingern verstehen.«

Der Mann namens Dädalus richtete sich auf, und seine große blaurote Nase bebte, als er sagte: »Und ob ich etwas davon verstehe. Ich habe seinerzeit die ersten Menschenmaschinen mitentworfen.«

Die zweifaltige Kröte hüpfte mindestens einen halben Meter hoch. »Was?« schrie sie, »Sie haben sie mitentworfen? Dann sind Sie unser Mann. Sie müssen mit uns kommen, und es kann gar nichts mehr schiefgehen.«

Der Mann namens Dädalus lächelte geschmeichelt, schüttelte aber dann traurig den Kopf. »Wenn es so einfach wäre. Abgesehen davon, daß ich eines kleinen Gebrechens wegen« – er deutete verstohlen auf seine Nase – »längst nicht mehr auf dem laufenden bin, ist die Zentrale dermaßen gut gesichert, daß weder Mann noch Frau auch nur in die Nähe kommen könnten, ohne entdeckt zu werden.«

»Halt!« Der vergessene Einstein trank seinen Becher leer, um nicht noch einmal etwas zu verschütten. »Was sagst du da? Weder Mann noch Frau? Aber das hier ist ein Kind.«

Der Mann namens Dädalus sah sich Machtnix genauer an. »Genial! Einstein, das ist genial. Laß mich wiederholen, erfaßt wird nur, was wahrscheinlich ist, Männer oder Frauen zum Beispiel. Das heißt nach Adam Riese, alles andere rutscht unten durch. Da haben wir erstens Kinder. Und zweitens« – er faßte sich an seinen rotblauen Zinken, es war ihm anscheinend unangenehm, die Kröte so einfach eine Kröte zu nennen – »Wechselwarme!«

Die zweifaltige Kröte hüpfte noch höher als zuvor und hätte beinah den Kinderwagen verfehlt. »Heureka!« schrie sie einerseits, »ich bin dabei! Das Aben-

teuer geht weiter«, während sie sich andererseits wieder ruhig hinhockte.
Der Mann namens Dädalus beugte sich zum Einkaufskorb hinunter und fuhr fort: »Drittens Blicklose!«
Das blinde Huhn plusterte sich ein wenig und gackerte dann: »Zum ersten Mal ist meine Blindheit auch für etwas gut. Man muß es nur erwarten können.«
Der blaurote Gesichtsvorsprung des Mannes namens Dädalus tauchte wieder auf, und er sagte: »Viertens« – die Maus, die sich vor der herabfallenden Kröte gerade noch in Sicherheit hatte bringen können, kletterte am Rande des Schlafsacks entlang – »viertens zu Kleine!«
»Ich hab es schon immer gesagt, unsereins scheint nicht einmal auf dem Bildschirm auf. Und sollte mich trotzdem jemand bemerken, falle ich einfach in Ohnmacht.«
»Und fünftens« – der Mann namens Dädalus zog an Klein-Gottfrieds Reißverschluß –, »fünftens Schrott!«
Klein-Gottfried war beleidigt und sagte nichts.
»Entschuldigung«, fügte der Mann namens Dädalus hinzu, »das war nicht persönlich gemeint. Ich sage nur, was der Sensor erfaßt oder nicht erfaßt.«
»Schon gut«, flüsterte Klein-Gottfried, »Hauptsache, ich bin mit dabei.«
»Beeindruckend, ungeheuer beeindruckend.« Die zweifaltige Kröte war dermaßen hochgestimmt, daß sie noch immer gelegentlich in die Luft sprang.
»Und wie drehen wir den Dingern wirklich den Saft ab?« Sachlich wie eh und je, ließ das hausverständige Huhn nicht locker.
»Das mit dem Saft ist so eine Sache.« Der vergessene Einstein runzelte die Stirn und ließ die Zunge über

die Zähne hängen. »Am besten wäre es natürlich, die Hauptzufuhr zu kappen, aber dazu muß man wissen, wo der Kabelschacht ist. Und was die *Robos* betrifft, so sind sie batteriebetrieben, das heißt, ihr müßt sie euch einzeln vornehmen. Aber vielleicht genügt es auch schon, dem *Oberrobo* eine Frage zu stellen, die er nicht beantworten kann. Das würde sein System, das nicht mehr an Widerstand gewöhnt ist, möglicherweise so in Verwirrung bringen, daß er zusammenbricht. Dann habt ihr leichtes Spiel.«
»Aber was sollen wir die *Robos* denn fragen?« stöhnte Machtnix. Es war sieben vor zwölf, und die Stimme aus dem Lautsprecher kündigte den Zug bereits an.
»Etwas ganz Einfaches«, meinte Frau Holle.
»Etwas, das nicht in seinem Speicher ist«, riet der vergessene Einstein.
»Lebensfragen«, rief der Mann namens Dädalus.
Machtnix war aufgesprungen und hatte sich den Griff des Kinderwagens geschnappt. »Danke, vielen herzlichen Dank«, rief sie und rannte damit zum Bahnsteig, an dem der Zug mit der Aufschrift »Remise« bereits hielt.
»Zug fährt in die Remise, Zug fährt in die Remise«, schnarrte die Lautsprecherstimme. »Bitte nicht einsteigen! Bitte nicht einsteigen!« Darauf konnte Machtnix jetzt keine Rücksicht mehr nehmen. Sie zwängte den Kinderwagen in die Türe, die sich gerade wieder schließen wollte, aber sie schaffte es noch und sank erschöpft auf einen der unzähligen leeren Plätze.

Von nun an blieb der Zug nicht mehr stehen. Er flitzte durch die Stationen, und sie konnten nur mehr Fetzen des Satzes »Zug fährt in die Remise« aus der Lautsprecheranlage hören. Es war eine ziemlich lange Fahrt, doch schließlich wurde die Garnitur langsamer und langsamer, und sie landeten in einem großen überdachten Raum mit vielen Paaren von Schienen, auf denen auch noch andere Züge abgestellt waren.

Sie schienen angekommen zu sein. Der Zug stand still, und die Türen öffneten sich mit einem Seufzer der Erleichterung. Es erlosch das Licht, und es wurde so finster, daß Machtnix erst einmal im Wagen sitzen blieb. Sie hätte nicht gewußt, wohin gehen. Auch fühlte sie sich trotz der Tiere und Klein-Gottfrieds ausgesetzt und verlassen. Da war niemand, der ihr hätte sagen können, ob sie hier richtig waren. Sie hatten sich auf ein Abenteuer eingelassen, ohne viel zu fragen oder sich groß Sorgen zu machen. Aber jetzt, wo sie so ganz allein in der Dunkelheit saßen und ihnen die zugige, schmierölgesättigte Luft um die Nase strich, waren sie sich gar nicht mehr so sicher, ob sie wirklich in die Zentrale wollten. Plötzlich kam ihnen allen, auch wenn sie nicht darüber redeten, die Aufgabe zu groß vor. Warum sollten ausgerechnet sie die Zentrale stoppen?! Wer weiß, was sie dort erwartete. Wer weiß, was man in der Zentrale mit Eindringlingen anstellte? Und Eindringlinge würden sie in jedem Fall sein. Noch dazu Eindringlinge, die etwas vorhatten.

Machtnix spürte, wie die Gänsehaut sich ihren Rücken hochschob, die Maus zitterte mit ihren

Schnurrbarthaaren, die zweifaltige Kröte sperrte sinnloserweise das Maul auf, obwohl es hier nicht einmal Fliegen gab, das blinde Huhn sträubte die Federn und nuschelte leise gackernd vor sich hin, nur Klein-Gottfried zeigte äußerlich keine Regung, aber allein, daß er so beharrlich schwieg, deutete darauf hin, daß er sich nicht besonders wohl fühlte. Man konnte ihn nur gelegentlich »ts, ts!« machen hören. Keiner wußte, was nun zu tun war. Sollten sie hier bleiben, bis es wieder hell wurde? Aber was, wenn der Zug schon zu nachtschlafender Zeit wieder aus der Remise gefahren wurde? Und wenn sie ausstiegen, wohin sollten sie sich wenden? Machtnix dachte kurz daran, eines der Streichhölzer, die sie noch immer bei sich trug, zu entzünden, aber damit wollte sie sich eigentlich nur im äußersten Notfall behelfen. Ein Streichholz verbrannte viel zu rasch.

Bisher war alles einfach gewesen, es hatte sich mehr oder weniger so ergeben. Es war passiert, und sie hatten sich mehr oder weniger klug oder mehr oder weniger tapfer angestellt, aber sie hatten dabei auch nichts von sich erwartet. Niemand hatte etwas von ihnen erwartet. Jetzt war das anders. Jetzt sollten sie etwas tun, das auch für andere Folgen haben konnte.

Machtnix spürte zum ersten Mal seit langem ganz deutlich so etwas wie Heimweh. Sie erschrak, als sie erkannte, was für ein Gefühl das war, so sinnlos kam es ihr vor, wo doch alle tot waren, und sie nicht einmal wußte, ob das Haus oder die Stadt noch standen. Gerade als ihr die Tränen aufstiegen, bemerkte sie, wie das Huhn lauschend den Kopf schieflegte, und auch die Maus spielte mit den Ohren, als hätte sie etwas wahrgenommen. Nun konn-

te auch Machtnix den Kopf einer Ratte erkennen, die zur offenen U-Bahntüre hereinwitterte. »Seid ihr das?« fragte sie leise. »Seid ihr das Kind, die Kröte, das Huhn, die Maus und der Blindgänger?«
»Wir sind es«, antwortete Machtnix beinahe tonlos. Es war, als steckte ihr Schneewittchens halber Apfel im Hals, der sich nur in Tränen würde auflösen lassen.
»In Ordnung. Ich gebe die Nachricht weiter. Der Chef wird gleich hier sein.« Und damit verschwand die Ratte wieder.
Als die Maus das hörte, drehte sie sich vor Aufregung mehrmals um sich selbst, und auch die anderen schienen wieder Mut zu fassen und redeten alle auf einmal, so daß Machtnix den Apfel schlucken konnte, ohne ihn herausweinen zu müssen. Sie dachte an die Streichhölzer und ob sie sie nicht doch brauchen würde, jedenfalls nahm sie den Tornister ab. Und wie sie so danach suchte, kamen ihr die Reste aus dem Haus mit dem besoffenen Schwein unter die Finger. Sie verteilte sie zwischen sich, dem Huhn und der Maus. Es war die letzte Gelegenheit, in der Zentrale würden sie gewiß nicht zum Essen kommen. Es schmeckte zwar nicht mehr besonders, was da noch zum Vorschein gekommen war, aber der Hunger ist nicht wählerisch, und ein leidlich gefüllter Bauch vermittelt wesentlich mehr Zuversicht als ein leerer.
»Denkt ihr auch, was ich denke?« fragte die zweifaltige Kröte, und Machtnix, die auf solche Fragen nie eine Antwort wußte, fragte ihrerseits: »Was denkst du?« Dabei kaute sie den letzten Bissen.
»Ich denke, daß wir unseren ganzen Verstand zusammennehmen müssen, wenn wir sollen, was wir wollen.«

Machtnix nickte, aber das blinde Huhn kam lieber zur Sache. »Das ist mir viel zu allgemein. Mein Kopf funktioniert nur, wenn ich weiß, was wirklich los ist.«
»Ich glaube, sogar die großen Schwestern haben hier ihre Knöpfe.« Klein-Gottfried erwog es geradezu ehrfürchtig.
»Was für Knöpfe?« Die Maus hatte sich so lange um sich selbst gedreht, bis sie schwindlig wurde.
»Was für eine Frage?!« Klein-Gottfried konnte nicht verstehen, wie oberflächlich die Maus mit so bedeutenden Erwägungen umging.
»Sag schon!« Die Maus hatte nicht den geringsten Sinn für Klein-Gottfrieds diesbezügliche Empfindlichkeit.
»Die Knöpfe, die sie in den Himmel schicken«, sagte er gottergeben. Es hätte keinen Witz gehabt, sich aufzuregen.
»Du meinst, die sie hochgehen lassen?« Diesmal lief sogar der Maus ein Schauder über den Pelz.
»Habe ich nicht gesagt, daß ich davon nichts mehr hören will«, quäkte die zweifaltige Kröte giftig. »Es ist wie verhext, über kurz oder lang geht es immer ans Verglühen.«
Sie rückten alle ein wenig näher zusammen und warteten auf die Ankunft des Oberratts. Ihn mußte die Ratte vorhin wohl gemeint haben. Noch waren keine paar Minuten vergangen, als auch schon die Zacken seiner denkwürdigen Krone aus dem Dunkel ragten.
»Ihr habt es also geschafft, gratuliere!« Der Oberratt verneigte sich kaum merklich vor der Kröte, und diejenigen von seiner Garde, die mit ihm gekommen waren, taten es ihm gleich. »Mittlerweile sind wir auch soweit, daß wir mit Sicherheit wissen, wo

die Zentrale sich befindet, kapiert, nämlich genau hier drüber.«

Der Oberratt kletterte zu Machtnix auf den Sitz und näherte sich ihr wie ein kleines weißes Hündchen, das gestreichelt werden möchte. Und Machtnix, die zwar selten erriet, was andere Wesen dachten, erriet fast immer, was andere Wesen fühlten, und so streckte sie die Hand aus und streichelte das weiße Fell des Oberratts, der das sehr zu mögen schien. Vielleicht hatte ihm irgend jemand in dem Labor, aus dem er entsprungen war, schon einmal seine Sympathie auf diese Weise bekundet. Die Ratten seiner Garde betrachteten das Ganze eher mißtrauisch.

»Auf die Dauer hätte man es vor uns Ratten ohnehin nicht geheimhalten können, aber ich muß zugeben, daß es ihnen lange genug gelungen ist.«

Die Maus wußte gar nicht, wie ihr geschah, als sie das Wesen ihres Traums so nahe an Machtnix herankommen sah. Und als Machtnix es dann auch noch streichelte, wußte sie nicht einmal, auf wen sie nun eifersüchtiger sein sollte. Also fiel sie kurzerhand in Ohnmacht, erwachte aber gleich wieder, weil es ohnehin niemand bemerkt hatte, und rückte so nah wie möglich an das Gestreichel heran.

»Die Fäden laufen in der Tat hier zusammen«, fuhr der Oberratt, anstatt zu schnurren, was er nicht konnte, fort. »Für alles gibt es hier oben einen Schalter. Auch das U-Bahnnetz wird von hier aus in Betrieb genommen. Und wie ich von meinen Kundschaftern höre, ist schon seit geraumer Zeit kein Mensch mehr gesichtet worden. Erstaunlich! Darum sind wir auch so lange nicht darauf gekommen. Wenn hier Menschen zugange wären, hätten wir es längst gerochen, kapiert?!«

»Vielleicht nicht Tag und Nacht«, sagte Klein-Gottfried,

»aber irgendwann brauchen sie Menschen. Wer soll sie denn sonst bedienen?« Alle schwiegen verblüfft.
»Vielleicht gibt es inzwischen Maschinen, die sich selber bedienen«, meinte die Maus obenhin. Im Grunde interessierte es sie nicht besonders, ob in der Zentrale zu allem Überfluß auch noch Menschen waren oder nicht. Sie wollte nur die Aufmerksamkeit des Oberratts auf sich ziehen.
Der Oberratt schüttelte nachdenklich den Kopf. »Wieder so eine Geschichte, die wir erst aufdröseln müssen.« Und man konnte hören, wie er leise durch die Zähne pfiff.

DER DURCHRUTSCH

Mitternacht war längst vorüber, und Machtnix glaubte einen leisen Hauch von Grau durch die Oberlichten zu erspähen. Nicht daß man schon wirklich etwas hätte sehen können, aber langsam begannen sich Umrisse abzuzeichnen.
Der Oberratt richtete sich auf und sagte plötzlich im Befehlston: »Es ist soweit.«
»Wie weit?« fragte die zweifaltige Kröte aufgeregt.
»Zu weit, um noch länger zu warten.« Als sei Seufzen ansteckend, stießen sie eins nach dem anderen besorgt die Luft aus. Machtnix schulterte den Tornister und schob den Kinderwagen aus der U-Bahn. Die Ratten, die im Dunkeln besser sehen konnten, spannten sich wieder einmal vor, und Machtnix mußte sich an der Griffstange festhalten. Sie gingen durch eine Art Torbogen und kamen in ein Treppenhaus.

»Den Wagen laßt ihr besser hier«, meinte der Oberratt, und Machtnix hob Klein-Gottfried und die Tiere heraus und legte den Tornister in den Einkaufskorb.
»Keine Angst«, grinste eine der Garden, »wir achten schon darauf, daß ihn niemand klaut!«
Sie stiegen gemeinsam und schweren Herzens die Treppen hoch.
»Wenn ich bloß bei euch bleiben könnte, doch ich fürchte, ihr seid vorerst auf euch allein gestellt. Ich kann auch nicht sagen, was euch hinter dieser Tür erwartet, selbst wenn ich so meine Vermutungen habe.« Der Oberratt deutete auf seine Krone. »Durch meinen Kopf ist schon alles mögliche gegangen. Aber ich weiß nicht, ob ihr hier auch nur das geringste ausrichten könnt. Ich weiß nur, daß es für alles, was rundum geschieht, da drinnen einen Schalter gibt.«
Sie standen vor einer großen Flügeltür, an deren Seiten sich mehrere Tafeln mit Aufschriften befanden, die der Dunkelheit wegen nicht zu entziffern waren, aber Machtnix wäre ohnehin zu aufgeregt gewesen, um zu lesen.
»Wir bleiben selbstverständlich in eurer Nähe.« Der Oberratt flüsterte noch immer. »Wir können nicht mit hinein, kapiert, aber wir werden versuchen, auf anderem Weg zu euch zu stoßen. Die Ratte möchte ich sehen, die im Zweifelsfall nicht überall hineinkommt, wo sie hineinkommen will.« Er lächelte selbstgewiß. »Wir möchten die Sache nicht von Haus aus komplizieren, ich bin nämlich überzeugt, sie haben alles darangesetzt, die Zentrale rattensicher zu errichten, aber wir werden eine Probe aufs Exempel machen, kapiert?!« Und damit beugte er sich zum ersten Mal ganz nah zum Ohr der Maus und flüsterte etwas hinein, wobei sie alle Pfoten voll

zu tun hatte, um nicht dem unwiderstehlichen Drang zu einer kleinen Ohnmacht nachzugeben.
»Wir haben bloß die Höhe des Notruftons abgesprochen«, erklärte der Oberratt und wandte sich noch einmal an die Maus. »Ich hoffe, du behältst sie. Wenn die Tonart stimmt, überträgt der Fußboden die Botschaft, dann verdreifachen wir unsere Anstrengungen. Und nichts auf der Welt kann uns aufhalten, kapiert?!« Trotz allem Glück der rättlichen Nähe fühlte die Maus sich in ihrer Ehre gekränkt.
»Warum sollte ich die Tonart nicht behalten?« meinte sie obenhin. »Wir verwenden gelegentlich viel kompliziertere Abfolgen. Du kannst also völlig beruhigt sein.«
»Auf ins Abenteuer!« rief die Kröte einerseits und senkte andererseits den Kopf, sich drein schickend, während das Huhn den Hals in Richtung Eingang reckte, den es aufgrund des leisen Luftzugs durch die Türritze längst verspürt hatte. Die Zuversicht des Oberratts und der anderen Tiere hatte auch Machtnix ein wenig Mut gemacht. Sie war nun bereit, und auch Klein-Gottfried hopste schon im Stand.
Blieb noch die Frage, wie sie diese Tür öffnen sollten. Etwas, das wie zwei Türknäufe aussah, befand sich in Höhe von Machtnix' Nase, aber sie ließen sich nicht drehen oder sonstwie auf die übliche Art öffnen.
»Nimm mich hoch«, bat die zweifaltige Kröte und nahm dann auf Machtnix' Kopf Platz, während die Maus sich ohnehin schon wieder bis in die Schlüsselbeingrube emporgearbeitet hatte. Auch das Huhn wollte nicht auf dem Boden bleiben, obwohl es weder da noch dort für es etwas zu sehen gab, und so nahm Machtnix es auf den Arm. Nur Klein-Gottfried war ihr wirklich zu schwer, obwohl auch er, wenn

man ihn danach gefragt hätte, gerne von Machtnix getragen worden wäre.
Die Kröte warf einen scharfen Blick auf die beiden Knäufe. »Wie sagte der vergessene Einstein? Je einfacher, desto wahrscheinlicher. Vielleicht haben die hier noch nicht umgestellt.« Und sie steckte ihren Krötendaumen in den Abstand zwischen den beiden Knäufen.
Im ersten Augenblick geschah gar nichts. Doch dann setzte ein Summen und Klicken ein, ein Lichtstrahl tastete sie von oben bis unten ab, und während das alles ziemlich rasch vor sich ging, öffneten sich langsam und knarrend die beiden Türflügel und ließen sie ein, während die Ratten, von einem gleichzeitigen Strahl gebannt, wie gelähmt zurückblieben.
Der ganze Raum war taghell erleuchtet, und das ängstigte sie, nicht nur, weil es in der Remise so dunkel gewesen war, sondern weil es hier so überhaupt keinen Schatten zu geben schien, in den man sich nötigenfalls hätte zurückziehen können. Nur Klein-Gottfried und das blinde Huhn störte die Helligkeit nicht. Ja, es war sogar, als fühle Klein-Gottfried sich in seinem Element. Er hopste so gut es gehen mochte, zu den Schaltborden und bat Machtnix, ihn auf einen der Stühle zu heben. Als hergestelltes Wesen war Klein-Gottfried immer schon vertraut mit Maschinen. Er saß nun vor einem Bildschirm, und da er selber die Tastatur nicht bedienen konnte, gab er seine Tips an Machtnix weiter, die mit ihren Fingern einmal auf diese, dann wieder auf jene Taste drückte. Zuerst erschienen Schriftzeichen, aber bevor Machtnix noch mit ihnen klar gekommen wäre, sausten viele dicke Fliegenbrummer über den Schirm, die von Fröschen gejagt wurden. Die zweifaltige Kröte geriet darüber dermaßen in Aufre-

gung, daß sie gegen den Bildschirm sprang, daran abrutschte und mit allen vieren auf die Tastatur fiel, die sofort blockierte.

Klein-Gottfried dachte laut: »Ob hier nicht doch gelegentlich Menschen vorbeikommen. Für gewöhnlich geben sich nur Menschen mit so dummen Spielereien ab.« Und die Maus, die irgendwo im Gehäuse verschwunden war, konstatierte, als sie kurze Zeit später wieder zum Vorschein kam, der letzte Benutzer des Gerätes habe gerne Schokoladewaffeln gegessen, es röche noch überall danach, wenn auch schon etwas ranzig.

Die zweifaltige Kröte schämte sich, weil sie sich so hatte hinreißen lassen, und kehrte dem Bildschirm beleidigt den Rücken. »Unglaublich, wie die Welt heutzutage auf Täuschung aus ist. Immer und bei allem wird nur so getan. Was ist überhaupt noch echt, außer mir und Machtnix?« Die Kröte schloß kurz die Augen, und als sie sie wieder öffnete, saß das Huhn auf dem Stuhl gegenüber und fragte trocken: »Na, was glaubst du, was ich bin, eine Attrappe?«

»Dich meine ich nicht.« Die Kröte suchte mit den Blicken Klein-Gottfried, der sich zusammen mit Machtnix vor einem anderen Bildschirm befand, um herauszufinden, womit dieser aufwarten konnte. »Ich meine all das Blech mit seinem Himmelfahrtswahn und Als-ob-Getue. Letztlich läuft es ohnehin immer aufs Verglühen hinaus. So als ginge es um nichts anderes, als die gute alte Erde in die Luft zu jagen.«

In diesem Augenblick machte es ein deutliches »Klick!« in dem anderen Apparat, und Klein-Gottfried starrte noch eine Weile aufmerksam auf den Schirm und hob dann den Blick. »Er ist abgestürzt.«

Machtnix starrte noch immer wie verzaubert den erloschenen Bildern nach. »Wer ist abgestürzt?«
»Dieser Rechner da«, sagte Klein-Gottfried mit Kennermiene.
»Kein Wunder.« Die Maus, die auch in diesem Gehäuse eine Zeitlang verschwunden gewesen war, streckte gerade ihr Schnäuzchen aus einem Kabeleintrittsloch. »Hier drinnen gibt es eine ganze Kakerlakenkolonie, die sich im warmen Plastik mit den Resten von Schokoladewaffeln vergnügt.« Sie putzte ihre Schnurrbarthaare und rieb sich mit der Pfote mehrmals die Augen, als wären da Stanniolreste, die es abzustreifen galt. Offensichtlich hatte sie doch noch ein paar Krümel gefunden und dabei in einen der feinen Drähte gebissen, oder die Kakerlaken hatten sich, durch ihr Erscheinen erschreckt, zu einem Haufen zusammengedrängt und eine Zufuhr verstopft – es roch auch ein wenig angebrannt –, oder was auch immer im Inneren des Dings da geschehen war, fest stand nur, daß die Maus Siegerin geblieben war. Sie genoß es sichtlich, und selbst Machtnix staunte sie unverhohlen an.
In einer anderen Ecke begann es plötzlich leise zu surren und zu klingeln. Ein Metallschlitz spuckte langsam einen Bogen Papier aus, der mit ungewöhnlichen Zeichen bedeckt war.
»Was sind denn das wieder für Faxen?« fragte Machtnix, von den Geräuschen ein wenig eingeschüchtert.
»Das ist etwas ziemlich Altmodisches«, meinte Klein-Gottfried geringschätzig.« »Damit kann man geschriebene Nachrichten übermitteln.«
Alle näherten sich dem Gerät, und als es zu surren und zu klingeln aufgehört hatte, holte Machtnix den Bogen zur Gänze heraus. Aber sosehr sie sich auch anstrengte, sie konnte die Zeichen nicht entziffern.

»Ich glaube, es ist Krallisch oder so«, meinte sie und wollte sich damit an die Kröte wenden. Aber die Maus, die die Zeichen sofort erkannt hatte, war ihr zuvorgekommen. »Es ist ganz gewöhnliches Schwänzisch, besser gesagt Rattenschwänzisch, was sich aber nur in der Länge der Zeichen von Mäuseschwänzisch unterscheidet.«
»Und?« fragte Klein-Gottfried, »verstehst du auch, was es bedeutet?«
Die Maus war in Blitzesschnelle um den Bogen herum und dann über ihn drübergewischt und wurde dabei immer aufgeregter. »Es heißt, es heißt: Sind auf dem richtigen Weg. Stichwort Kabelschacht. Es ist nur mehr eine Frage des Bisses!«
»Wer wir?« fragte das blinde Huhn in die Überschwenglichkeit der Maus hinein.
»Das sieht doch ein Blinder«, meinte Klein-Gottfried gedankenlos. »Der Oberratt ist ja als Ganzes auf den Kopierer gefallen.« Und tatsächlich waren seine Umrisse samt den Zacken seiner Krone auf dem Papier zu sehen.
Nachdem die Maus den Text mehrmals wiederholt hatte, bemerkte das blinde Huhn sachlich: »Ein bißchen großspurig, was?«
Aber die Maus widersprach. »Großspurig nennst du das? Ich kann nur sagen: gescheit, ausgesprochen gescheit. Und mutig!«
Und so als hätte sie ihn mit dem Wort herbeigezaubert, erschien auf einigen der sie umgebenden Bildschirme der Zwerg, den sie in der Spiegelstadt kennengelernt hatten. »O!« sagte er und vollführte mit seinem Stöckchen eine verwegene Geste. »Ihr werdet es nicht glauben, welch vertrackten Wesen ich neulich in der Stadt begegnet bin. Einer kleinen Fünferbande, die sich, von der Öffentlichkeit unbemerkt,

am Rande des Verkehrs entlangbewegte. Da niemand mit ihnen gerechnet hatte, blieben sie auch unbemerkt, nur ich, der ich schon von Berufs wegen immer mit allem rechne, habe sie sofort entdeckt. Und ihr Anblick war so grotesk«, er lachte aus vollem Hals, »daß ich nicht umhin kann, ihn euch zu beschreiben.« Man sah nun sein Gesicht in Großaufnahme, und er begleitete seine Erzählung mit einer Reihe von drastischen Grimassen und Handbewegungen. »Um mit dem am leichtesten Erkennbaren anzufangen, stellt euch einen Kinderwagen vor – nicht gerade das neueste Modell –, der von einem kleinen Mädchen geschoben beziehungsweise gezogen wird, dessen T-Shirt vielleicht einmal blau war. Vom Rock wage ich gar nicht zu sagen, wie seine ehemalige Farbe gewesen sein mag. Und dazu trägt es Turnschuhe mit vielen Löchern, was wohl den Fuß angenehm kühl hält.«
Während Zwerg Mutig sich vor Lachen auszuschütten schien, schaute Machtnix beschämt an sich hinunter. »Macht nix«, sagte sie leise und trotzig, und ihr Haß gegen alles Menschliche war wieder beinahe so groß wie damals, als sie aus dem Lager davongelaufen war.
»Dieses kleine Mädchen, das mit großen Augen um sich schaut, hat zwar keine blasse Ahnung von der Welt, in der es sich bewegt, dafür fährt es in seinem Kinderwagen eine Bombe spazieren – der Himmel mag wissen, wo es die ausgegraben hat –, ja, eine Bombe, die man, wenn sie die Kapuze des schmutzigen kleinen Schlafsacks aufhat, für ein Baby halten könnte, bis man die häßliche alte Kröte bemerkt, die mit unter der Decke steckt. Und zu allem Überfluß knabbert auch noch eine Maus an den Kanten.«

»Verräter!« rülpste die Kröte, während Zwerg Mutig sich vor Lachen die Schenkel klopfte und fortfuhr: »Nicht zu vergessen ein blindes Huhn, das im Einkaufskorb hockt und etwas von den Hühneraugen der Firma Laufwohl faselt.« Zwerg Mutig kamen vor Lachen die Tränen. »Natürlich hätte ich euch die fünf gerne in dieser meiner Show vorgeführt, aber sie sind sehr öffentlichkeitsscheu. Wer weiß, in welcher Mission sie unterwegs sind«, er verdrehte die Augen, »in welch schrecklich geheimer Mission, wenn man nicht einfach von Waffenschieberei sprechen will. Also aufgepaßt, solltet ihr sie irgendwo entdecken ...« Er hob den Zeigefinger, so als drohe er denen, die nicht aufpaßten.
»Seelenverkäufer«, schnupfte das blinde Huhn, das den Zwerg zwar nicht sehen konnte, den Spott in seiner Stimme aber umso deutlicher spürte.
»Ach, du meine Güte, seine Sendung ist an die Zentrale angeschlossen, das muß etwas zu bedeuten haben. Ich frage mich bloß, was?« Man konnte förmlich sehen, wie es in Klein-Gottfried dachte.
»Vielleicht speichert er die Dinger hier drinnen mit Daten aus dem Leben da draußen. Je mehr Geschichten, desto besser. Wenn sie sie schon nicht selber erleben, sollen sie sie zumindest in ihrem Speicher haben.« Alle schauten auf die Bildschirme, die Zwerg Mutigs Programm zeigten.
»Die schlauen Kleinen«, fuhr Zwerg Mutig fort, und dabei plusterte er sich, daß selbst die Karos seines Frackkragens sich in die Breite zogen, »denken womöglich, sie könnten die Errungenschaften unseres Zeitalters, zu denen die Ausschaltung der Unberechenbarkeit gehört, rückgängig machen. Zugegeben, es gibt noch immer welche unter uns, die gerne im dunkeln munkeln und die sich daher rasch

aus den Augen verlieren. Aber die meisten dieser Traumgestalten nehmen ein schlimmes Ende, indem sie gegen Durchsichtiges stoßen oder zu langsam werden, um mit uns mitleben zu können. In der Geschichte der Menschheit hat es immer Benachteiligte gegeben« – er tippte sich gegen die Stirn, schnitt die Grimasse eines Blödsinnigen und zwinkerte kurz darauf seinen Zuschauern ziemlich unverschämt zu –, »gerade deshalb ist unser System der Überwachung von unschätzbarem Vorteil, schon deshalb, weil niemand verlorengehen kann. Die kleinen Schlaumeier, von denen ich euch erzählt habe, sind nämlich im Irrtum, wenn sie denken, sie könnten so einfach durch die Welt streunen und dazu ein bedeutungsvolles Gesicht machen, ohne erfaßt zu werden. Auch sie landen demnächst auf unserem Bildschirm, ob sie wollen oder nicht.«
Die zweifaltige Kröte zupfte Machtnix am Arm und quäkte: »Glaub es oder glaub es nicht, aber in dem Ding dort sitzt eine Kröte!« Alle schauten in die Richtung, in die die Kröte mit ihrem Krötendaumen zeigte, und tatsächlich formierte sich auf drei weiteren Schirmen ein Bild, das immer deutlicher wurde. Und da saß nicht nur eine Kröte, da waren auch Machtnix und das blinde Huhn zu sehen sowie Klein-Gottfried, und wenn man ganz genau hinschaute, konnte man auch noch einen winzigen, unruhigen, grauen Fleck sehen, der die Maus sein mußte.
Klein-Gottfried erholte sich als erster von dem Schreck. »Sie beginnen uns wahrzunehmen. Nachdem Zwerg Mutig uns so genau beschrieben hat, können sie uns allmählich als Figuren erkennen. Sie ahnen jetzt, daß wir hier sind.« Er räusperte sich, damit man das Zittern in seiner Stimme nicht hören sollte. »Es wird langsam brenzlig. Wir sollten schau-

en, daß wir ins Innerste der Zentrale kommen, damit wir sehen, was wir überhaupt tun können.«
Die Maus hörte gar nicht weiter zu, sondern stieß einen trillernden Fiepton aus, den sie mehrmals wiederholte. Dazwischen lauschte sie gespannt.
Es dauerte nicht lange, und eine Plastikverkleidung fiel von der Wand, hinter der eine Ratte zum Vorschein kam, die sich aus einem Gewirr von Kabeln wurstelte. Ihr folgten noch zwei. Es war die Vorhut der Garden. Die Kröte hatte, um alles besser überblicken zu können, von allein den Sprung auf Machtnix' Kopf gewagt, und sie alle starrten nun auf den freigelegten Kabelhauptschacht, aus dem ihnen bald auch der Oberratt entgegengeschlüpft kam.
»Guter Einstieg, was?« meinte er nicht ohne Stolz. »Wir Ratten sind eben doch an nichts zu hindern. Übrigens, die anderen knabbern noch. Es handelt sich um Spezialmaterial, an dem wir uns blutig beißen.«
Da bemerkten sie, daß die Unterlippen der Ratten alle rot gefärbt waren. Der Oberratt schüttelte sich den Mauerstaub aus dem weißen Pelz, daß die Reste seiner Sonden nur so klimperten. »Habt ihr schon herausgefunden, was es mit der Zentrale auf sich hat?«
Machtnix schüttelte so heftig den Kopf, daß die zweifaltige Kröte ins Wanken geriet und erschrocken »stop! stop!« rief.
»Ich habe einen furchtbaren, wenn auch begründeten Verdacht.« Der Oberratt setzte sich auf die Hinterfüße, um einen besseren Überblick zu haben.
»Wir scheinen bereits auf den Schirmen auf«, sagte Klein-Gottfried, »ich fürchte, wir müssen schnell machen.«
»Seht ihr diese Tür?« Der Oberratt fixierte sie. »Wenn wir durch diese Tür hindurch sind, werden wir es wissen…«

»Was?« fragten alle wie aus einem Mund.
Der Oberratt pfiff leise durch die Zähne. »Was dahinter steckt.«

WAS DAHINTER STECKT

Sie standen nun alle vor der Tür, und die zweifaltige Kröte fuhr immer wieder mit ihrem Daumen darüber, aber es rührte sich nichts.
»Und was tun wir jetzt?« Die Kröte war irgendwie am Ende mit ihrer Weisheit, nicht hingegen das blinde Huhn. Es versuchte sich sogar in so etwas wie Weissagung. »Moment«, es legte den Kopf schief, »die Tür wird sich demnächst von selber öffnen.« Niemand glaubte daran, zu Unrecht, denn das blinde Huhn mit seinem überaus scharfen Gehör hatte längst ein leises Knacken vernommen, so als zögen sich die Haken eines Sicherheitsschlosses aus den Ösen. Es bedurfte nur mehr eines kleinen Stoßes von Klein-Gottfried, der Geräusche dieser Art, sobald er sie einmal hörte, sogleich zu deuten wußte. Offenbar öffnete diese Tür hier sich immer dann, wenn man eine Weile vor ihr stehen geblieben war. Die Tür ging also auf, und was ihnen als erstes entgegenkam, war ein helles, hohes Lachen, das durch den kleinen Raum zu hüpfen schien, wie ein Pingpong- Ball, der vom Tisch gefallen ist. Sie folgten dem Ton und erblickten in einem blaßvioletten Licht, das ihn wie eine Aura umgab, einen großen kahlen Kinderschädel, an dem mehrere Sonden angebracht waren.
»Also doch ein Hirnling!« Der Oberratt sah sich bestätigt. »Geahnt hatte ich es, aber ich war mir nicht

sicher, ob sie es auch schon mit Menschen tun würden.«
»Ein was?« Machtnix war im Zweifel, ob sie das, was sie sah, auch wirklich sah oder ob es sich um eine Täuschung handelte, die sich die Dinger ausgedacht hatten.
»Ein Hirnling«, flüsterte der Oberratt, »ist ein Säugetier mit ausgeprägter Intelligenz, in diesem Fall ein Mensch, dessen Gehirn als Schaltstelle für die Dinger dient, kapiert?!«
Machtnix schaute ihn entgeistert an, und selbst die Maus war so überrascht, daß sie nicht einmal in Ohnmacht fiel, während die zweifaltige Kröte mit offenem Maul den Kopf schüttelte. Nur Klein-Gottfried und das blinde Huhn schienen dem Oberratt auf Anhieb folgen zu können.
»Es ist so«, belehrte sie der Oberratt, daß die Gehirne von unsereinem fähig sind, etwas gut oder schlecht zu finden, spannend oder langweilig, ermutigend oder bedrohlich, während die Dinger alles durch den Rechner jagen müssen, der sie sind. Darum erkennen sie auch so schwer wieder. Sie vergessen zwar nichts, aber möglicherweise halten sie eure Gesichter für Bratpfannen. Eines Tages kam dann ein Mann auf die Idee, unsere Art von Gehirn mit den Dingern zu verbinden. Er wollte die Vorteile von beiden in eins zusammenbringen, um das absolute Übergehirn zu erzielen, kapiert?!«
»Und woher weißt du das alles?« fragte die zweifaltige Kröte, die Entstehungsgeschichten gegenüber, die sie nicht kannte, ziemlich mißtrauisch war.
Der Oberratt richtete sich ein wenig auf und flüsterte vernehmlich: »Wie bei allem, haben sie natürlich mit uns Ratten angefangen.« Und er deutete auf die Reste der Sonden, die noch immer in seinem Kopf staken.

Alle starrten ihn erschrocken an, und für einen Augenblick erschien auch sein Kopf von diesem merkwürdig blaßvioletten Licht umgeben.
Wieder erklang das Lachen, und sie sahen, daß es tatsächlich aus dem Munde des kahlen Kinderkopfs kam, dessen Augen fest geschlossen blieben.
»Ich glaube, er lacht über uns«, meinte Klein-Gottfried. »Wenn ich es richtig sehe, schickt man gerade Zwerg Mutigs Sendung durch seinen Kopf, sozusagen als Anschauungsunterricht, zusammen mit unseren Bildern.«
Der Oberratt nickte. »Unsereins urteilt sich leicht aufgrund von Erfahrungen. Also müssen auch im Hirnling Erfahrungen vorgetäuscht werden. Ich weiß nicht, wie früh man den hier angeschlossen hat, aber bestimmt versorgt man ihn seither mit Bildern und Geschichten, damit er hin und wieder etwas fühlt. Wir urteilen ja meistens gefühlsmäßig.«
»Du meinst, sie schicken die ganze Welt durch seinen Kopf?!« Das blinde Huhn brachte es wieder einmal auf den Punkt.
»Angeblich liegen etwa neunzig Prozent unseres Gehirns ein Leben lang brach, ahem, ich weiß natürlich nicht, ob das bei allen Gehirnen so ist.« Offensichtlich konnte der Oberratt sich das bei seinem eigenen nicht gut vorstellen. »Jedenfalls nützen die Dinger davon, was geht, indem sie ihre Speicher anschließen. Somit gibt es kein Vergessen und keine Ablenkung mehr.«
Machtnix fuhr der Schreck durch die Glieder. »Wird dieser Hirnling nicht verrückt, wenn er sich an alles erinnern muß?«
»Muß er nicht. Wahrscheinlich weiß er gar nicht, was sie mit seinem Hirn anstellen, zumindest mit dem Teil, den er für gewöhnlich nicht nutzt.«

»Immer so daliegen und sich alles durch den Kopf gehen lassen müssen ...« Machtnix schüttelte sich, und die zweifaltige Kröte mußte sich an ihren Haaren festhalten.
Der Oberratt lächelte. »Um die restlichen zehn Prozent bei Laune zu halten, hat man ihn an die Unterhaltungsmaschine angeschlossen. Ihr hört ja, wie er lacht.«
»Hat er auch einen Körper?« fragte die Maus, »oder besteht er nur aus Kopf?« Machtnix und die zweifaltige Kröte hatten sich das insgeheim auch schon gefragt.
»Ich denke ja.« Der Oberratt klang schon ganz heiser vom vielen Flüstern. Tatsächlich wurde so etwas wie der Umriß eines kleinen Körpers in einer Art Aufhängung sichtbar, je blasser das blaßviolette Licht wurde, beziehungsweise je besser sie sich an das Halbdunkel gewöhnt hatten.
»Die natürliche Versorgung durch den angeborenen Blutkreislauf klappt immer noch am besten. Es gibt zwar Gerüchte, wonach man es auch schon mit Gehirnen allein versucht hat, aber das macht alles nur noch komplizierter. Die Krankheitsanfälligkeit erhöht sich enorm, kapiert?!«
Jetzt gestattete sich die Maus doch noch eine kleine Ohnmacht, so sehr bewunderte sie den Oberratt.
»Lauter«, ließ sich plötzlich eine Kinderstimme vernehmen. »Ton drauf! Ton! Ton! Ton! Ich will die fünf kleinen Schlaumeier sehen, aber mit Ton! Mehr Ton zuschalten! Je näher sie kommen, desto schlechter ist der Ton. Dolby, bitte! Entstören! Es rauscht zu stark, man versteht nichts!«
»Wir müssen ihn da rausholen«, erklärte Machtnix plötzlich. Ihr anfänglicher Ekel vor dem großen kahlen Kinderschädel hatte sich langsam, und erst

recht, seit sie seine Stimme hörte, in Mitleid verwandelt, und die vielen Sonden, die darauf angebracht waren, verursachten ihr eine Gänsehaut.

»Ich wollte eben zur Eile mahnen.« Klein-Gottfried hopste ein bißchen. »Wir sind enttarnt, und ich bin sicher, daß es irgendwo in der Nähe etwas gibt, das sich bereits zum Einsatz rüstet.« Der Oberratt wandte sich an Machtnix. »Erinnerst du dich, was ich über den Vorteil von Händen gesagt habe? Jetzt bist du dran. Du mußt die Sonden so vorsichtig wie möglich ablösen, damit du den Hirnling nicht verletzt, kapiert? Er soll einmal nicht so herumlaufen müssen wie ich.«

Machtnix' Herz pochte und klopfte, und sie hatte Angst, daß sie etwas falsch machen und dem Hirnling Schmerzen zufügen könnte. Sie zögerte. Aber wie damals, als sie dem toten Krieger den Tornister mit dem Brot weggenommen hatte, ließ sich die zweifaltige Kröte hören: »Na, mach schon. Warum sind wir denn hier? Glaub es oder glaub es nicht, um die Zentrale zu stoppen. Wenn mich mein dreihundert Millionen Jahre alter Verstand nicht trügt, dann ist das die Zentrale. Los, gebrauch deine Hände!«

»Das soll die Zentrale sein? Dieser Kleine da?« Sie setzte den Fuß, den sie bereits gehoben hatte, um einen Schritt auf den Hirnling zu zu tun, wieder an derselben Stelle auf den Boden.

»Die zweifaltige Kröte hat recht. In seinem Hirn laufen die Fäden zusammen. Er ist die Zentrale, auch wenn er es gar nicht weiß. Man benützt ihn, und darum sollten wir ihn aus dieser säugetierunwürdigen Lage befreien.« Der Oberratt bewegte sich auf den Hirnling zu.

»So mach schon«, rief die zweifaltige Kröte wieder,

»zu irgend etwas muß ein Mensch doch auch gut sein.«
Machtnix tat einen Schritt.
»Beeilung«, mahnte Klein-Gottfried. »Beeilung!«
Machtnix tat noch einen Schritt.
»Verzeihung!« Der Oberratt war, ohne viel zu fragen, auf ihre Schulter gehüpft. »Du mußt die Sonden vorsichtig verschieben und abziehen, aber so, daß sie weder knicken noch brechen.«
Der Hirnling schien sie nicht wahrzunehmen, das heißt, er sah sie schon, aber mit seinen inneren Augen, so wie er alles andere auch sah, was in seinen Kopf überspielt wurde. Noch waren sie so etwas wie Fernsehen für ihn. Das Bild ihres Näherkommens schien ihm Spaß zu machen, denn ein Lächeln zog über sein Gesicht wie eine Schönwetterwolke.
»Los, zieh!« sagte die zweifaltige Kröte, und der Oberratt wisperte immer wieder: »Vorsichtig, vorsichtig.«
Die Maus spähte hervor und schmiegte sich dann wieder in Machtnix' Schlüsselbeingrube, während Klein-Gottfried die Tür im Auge behielt und das Huhn sein Gehör weiter schärfte, um rechtzeitig Alarm zu schlagen.
Als Machtnix die Hand bereits so weit ausgestreckt hatte, daß sie eine der Sonden berühren konnte, fiel ihr Blick auf den winzigen Körper des Hirnlings, der in einem Versorgungsanzug steckte, aus dem nur die bläulichen, seit langem nicht mehr gebrauchten Finger und Zehen wie Mehlwürmer herabhingen und sich ebenso krümmten. Sogleich zog sie die Hand wieder zurück, um sie auf den eigenen erschrockenen Mund zu legen.
»Los!« quakte die zweifaltige Kröte und bearbeitete

Machtnix' Kopf mit ihren ungeduldigen vier Füßchen. »Los, weiter! Wozu hast du denn deine sagenhaften zwei Hände? Zeig endlich, daß sie auch zu gebrauchen sind.«

Langsam näherten sich Machtnix' Hände wieder den Sonden.

»Du mußt eine nach der anderen abziehen. Alle auf einmal ist zu gefährlich. Es muß ganz rasch nacheinander gehen, damit der Alarm, den das Herausziehen der einen möglicherweise auslöst, sich nicht sofort auf alles andere übertragen kann, kapiert?!«

Machtnix nickte. Der Schweiß des Sich-Zusammennehmens stand ihr auf der Stirn, und dann zog sie an einer der verschobenen Sonden. Behutsam, aber doch fest genug. Es mußte die Sonde für die Zuleitung der Bilder gewesen sein, denn der Hirnling begann sofort zu schreien. »Bildstörung! Bildstörung!«

»Mach weiter!« rief der Oberratt. »Laß dich nicht beirren. Rasch, rasch, kapiert?«

Machtnix, die zurückgezuckt war, ergriff nun die nächste Sonde. Ihre Hände zitterten ein wenig, aber sie brachte sie vom Kopf und auch die nächste, bis zur letzten, die am festesten saß, schließlich hielt sie sie alle in Händen.

Während der Hirnling bitterlich zu weinen begonnen hatte und weiterhin »Sendeausfall!« schrie, verloschen im Geräteraum mit gurgelnden Geräuschen die Bildschirme einer nach dem anderen.

»Na endlich«, meinte der Oberratt zufrieden, »die Zähne der unsrigen haben sich durchgesetzt.« Dann wandte er sich an den immer noch weinenden Hirnling. »Wach auf. Es gibt uns wirklich. Wir sind gekommen, dich zu befreien.« Aber der Hirnling war viel zu sehr in seinem Inneren verschlossen, als daß er versucht hätte, sie mit eigenen Augen zu sehen.

Da wurde es der Maus zu viel, und sie ließ sich in einer äußerst wirkungsvollen kleinen Ohnmacht auf die Stirn des Hirnlings fallen. Die Berührung mußte ihn erschreckt oder zumindest gekitzelt haben, denn mit einem Mal riß er die Augen auf. Es dauerte eine Weile, bis seine ungeübten Blicke etwas wahrnahmen, aber als er dann sah, was es zu sehen gab, fing er zaghaft zu lachen an, wenn auch immer noch so, als könne er seinen Augen nicht trauen.
»Und jetzt heb ihn auf«, sagte der Oberratt zu Machtnix. »Du allein bist groß und stark genug dazu.«
Das blinde Huhn, das den Kopf schon die längste Zeit auf den Boden gelegt hatte, um jedes Vibrieren wahrzunehmen, hob ihn plötzlich. »Nichts wie weg hier. Ich spüre, daß jemand kommt, und zwar bald, wenn ihr mich fragt.«
Machtnix hatte den Hirnling aus den Schlaufen der Aufhängung, die einer Schaukel ähnelte, gelöst und ihn an sich gedrückt. Im ersten Moment war er heftig zusammengezuckt, doch dann schien ihm die Berührung gutzutun, und er legte seinen großen kahlen Schädel an Machtnix' Schulter, während die Maus an ihm auf und ab sauste, um seinen Kreislauf in Gang zu bringen. Übrigens wirkte sein Kopf wohl nur deshalb so groß, weil sein Körper so unnütz und zerbrechlich schien.
»Wir müssen zum Hintereingang«, erklärte der Oberratt, »der ist nur von außen gesichert.«
In diesem Augenblick öffnete sich hinter der Aufhängung, an der der Hirnling befestigt gewesen war – wahrscheinlich um sich nicht wundzuliegen –, eine Wand, und in dem grellen Licht, das sich aus der Wandöffnung in den eher düsteren kleinen Raum mit dem Hirnling ergoß, standen vier vollkommen gleiche Menschenmaschinen, deren erste sich sofort auf

Machtnix und den Hirnling zubewegte, während die anderen dem Oberratt und Klein-Gottfried folgten.
Der Hirnling, dem zumindest eine der vier durch den täglichen Umgang vertraut war, rief im Befehlston: »Eins, zwei, drei, Versorgungsanzugswechsels, neue Nährlösung einhängen, Reststoffe entfernen!«
Aber die Menschenmaschine, deren Sehschlitze selbst Lichtstrahlen aussandten, schnarrte: »Kein eins, zwei, drei, kein Versorgungsanzugswechsel, kein Einhängen der neuen Nährlösung, kein Entfernen der Reststoffe. Ist noch zu früh.«
»Was machst du dann hier? Sonst bist du auch nie gekommen, auch wenn ich noch so geschrien habe, wenn nicht etwas zu wechseln war.« Der Hirnling schien nicht zu begreifen, was vorging. Nicht einmal der Lärm irritierte ihn, den die anderen bei der Verfolgung von Klein-Gottfried und den Tieren machten.
»Ich bewache dich und bringe dich in Sicherheit.« Die Menschenmaschine machte einen Schritt auf Machtnix, die mit dem Hirnling auf dem Arm zurückwich, zu.
»Sicherheit?« schrie der Hirnling. »Ich will keine Sicherheit. Sicherheit heißt, daß ich im Gestell hängen muß. Ich will aber nicht im Gestell hängen.«
»Du mußt wollen«, antwortete die Menschenmaschine. »Es sind Eindringlinge gekommen, die dich aus dem Gestell genommen haben. Das darf nicht sein. Wir brauchen dich und werden die Eindringlinge vernichten.«
Die Menschenmaschine war ein ganzes Stück größer als Machtnix, und an ihren Armen, die sie ausstreckte, um ihr den Hirnling wegzunehmen, blitzte Metall auf. Machtnix war wie gelähmt und sah schon, wie aus ihren spitzen Fingern Messer

hervorwachsen würden, und daß sie, sobald sie den Hirnling wieder hatte, kurzen Prozeß mit ihr machen würde. Was sollte sie bloß tun? Weglaufen kam ihr ziemlich albern vor, wenn sie an die langen Beine der Maschine dachte, außerdem war der Hirnling ziemlich schwer. Bei weitem nicht so schwer wie Klein-Gottfried, aber den hatte sie ja auch nie länger auf dem Arm getragen. Und wohin hätte sie laufen sollen? In Richtung Ausgang tobte die wilde Jagd.

Ein Gedanke durchfuhr sie. Da war doch etwas, das sie sich hatte merken wollen für den entscheidenden Augenblick. Was war es nur gewesen? So ungern Machtnix sich erinnerte, manchmal konnte Sich-Erinnern lebenswichtig sein. Natürlich, die Frage. Es gab nur noch eine Möglichkeit, zu entkommen. Sie mußte der Menschenmaschine eine Frage stellen, die sie nicht beantworten konnte. Aber wo sollte sie so eine Frage hernehmen? Noch dazu so plötzlich, wo die Maschine mit ausgestreckten Armen immer näher kam. Keine Frage, daß es eine Frage sein mußte, eine listige, ausgekochte, sie lahmlegende Frage. Was hatte Frau Holle gesagt? Etwas ganz Einfaches. Auch der Mann namens Dädalus hatte ihr etwas nachgerufen. Lebensfragen. Jawohl, Lebensfragen.

Und da fragte Machtnix die Menschenmaschine, die sich gerade mit ihren scharffingrigen, metallglänzenden, angewinkelten Armen zu ihr herunterbeugte: »Wer bist du?«

Die Maschine hielt einen Augenblick inne. »Strategie enttarnt. Du willst mich in ein Gespräch verwickeln, um Zeit zu gewinnen.«

»Ich will gar nichts gewinnen. Ich möchte bloß wissen, mit wem ich es zu tun habe, wenn ich es schon zu tun habe.« Machtnix war klar, daß es sein mußte.

»Was?« fragte die Menschenmaschine und richtete sich unmerklich auf.

»Wer? Ich will wissen, wer du bist. Oder verstehst du mich nicht?«

»Ich verstehe alles, was gesprochen wird.«

»Und wenn ich es dir nicht glaube?«

»Ob du es glaubst oder nicht, tut nichts zur Sache.«

»Du hast mir immer noch nicht gesagt, wer du bist, also verstehst du doch nicht, was ich sage.«

Die Menschenmaschine richtete sich noch ein Stückchen weiter auf, wenn auch noch immer mit ausgestreckten Armen. »Ich verstehe und sage dir, ich bin *Robo* fünf-eins-zwo, aus der Serie *Dienstleistungsrobos,* programmiert auf die Versorgung und Bewachung des Hirnlings, der für uns alle von größter Wichtigkeit ist. Daher haben wir Alarmstufe sofort.«

Machtnix seufzte ungeduldig. »Du hast nicht die Bohne verstanden. Ich habe gefragt, wer und nicht was du bist.«

»Es hat nichts mit Bohnen zu tun. Antwort kann überprüft werden, alle Daten stimmen.«

Machtnix stand wie auf einem glosenden Mittsommernachtsfeuer, über das sie barfuß hätte laufen sollen, und dann tat sie genau das, was sie für sich selber am wenigsten gemocht hätte. Sie fragte sich geradezu an der Menschenmaschine fest. »Wenn ich frage, wer du bist, dann meine ich, wo kommst du her? Wer waren deine Eltern? Kannst du dich an deinen Großvater erinnern? Hast du einmal ein Hündchen gehabt? In welchem Haus habt ihr gewohnt? Wie gut kannst du lesen? Bist du auch von wo vertrieben worden und möchtest dich am liebsten nicht

erinnern, weil dieser verdammte Garscht alle umgebracht hat?« Sie mußte eine kleine Pause machen, um sich nicht zu verschlucken, und in diese kleine Pause hinein erklang die schnarrende, gleichförmige Stimme der Menschenmaschine: »Ich komme nirgendwo her. Ich habe keine Eltern. Es gibt keinen Großvater. Da war auch kein Hündchen ...«
»Was?« rief Machtnix. »Und du glaubst wirklich, daß du wer bist, bei all dem, was bei dir nicht ist? Du bist niemand, hörst du? Was sage ich, nicht einmal niemand, sondern nichts.«
Im Kopf der Menschenmaschine begann es zu surren und zu summen, sie rollte mit den Augen und verbrauchte mehr Energie, als sie brauchen konnte, und es knisterten elektrische Funken um ihre Stirn, und für einen Augenblick bekam sie ebenfalls eine blaßviolette Aura.
»Du schaffst es nicht«, sagte Machtnix mit letzter Anstrengung. Sie hatte das Gefühl, demnächst – wie die Maus – in Ohnmacht fallen zu müssen. »Du schaffst es nicht, mir zu sagen, wer du bist, weil du nämlich gar niemand bist. Und wenn du deine Batterie leergerechnet hast ...«
Da sauste ein besonders starker Funke um den Kopf der Maschine herum, aber das war es wohl auch gewesen, denn das blaßviolette Licht verlosch, und der ganze *Robo* fiel in sich zusammen, wobei sich seine Gliedmaßen so perfekt ineinanderfalteten, als wären Zusammenbrüche dieser Art nichts Ungewöhnliches und es ginge nur darum, ihn dabei nicht auch noch an seinem Gerüst Schaden nehmen zu lassen.
»Du liebe Zeit«, hauchte Machtnix. Doch gerade als sie sich zum Gehen wenden wollte, fing der Hirnling wieder bitterlich zu weinen an. »Batterieausfall«,

schluchzte er, »totaler Batterieausfall. Und wer wird jetzt meinen Versorgungsanzug wechseln? Wer hängt meine Nährlösung ein? Wer entfernt die Reststoffe?«
»Pst, pst!« versuchte Machtnix ihn zu beruhigen. »Das alles brauchst du von jetzt an nicht mehr. Du wirst leben, wie du früher gelebt hast, so wie wir leben. Ohne all das Zeug, in das die Dinger dich gepackt haben.«
Aber der Hirnling konnte sich nicht beruhigen und schluchzte weiter. »Ich weiß nicht, wie ich früher gelebt habe. Ich kenne nur die Bilder, die in meinen Kopf gekommen sind. Ich weiß auch nicht, wer ich bin.«
Machtnix setzte sich mit dem Hirnling auf dem Arm in Bewegung. »Keine Sorge, das finden wir schon noch heraus.«
»All das, was du den *Robo* gefragt hast, weiß ich auch nicht. Bin ich denn auch niemand?«
Machtnix fühlte sich einfach überfordert ohne die zweifaltige Kröte auf ihrem Kopf. »Darüber können wir uns noch unterhalten, wenn wir hier raus sind. Und wir müssen hier raus, du … Wenn ich bloß einen Namen für dich wüßte.« Machtnix hatte den Hirnling geschultert, weil er so am leichtesten zu tragen war. »Weißt du wirklich nicht, wer deine Eltern waren?« fragte sie ganz nahe am Ohr des Hirnlings. Dieser schüttelte immer noch weinend den Kopf.
»Dann nenne ich dich Niki.«
»Niki?«
»Als Abkürzung von *Niemandes Kind*. Aber wenn du nicht willst, brauchen wir ja nicht herumzuerzählen, wovon Niki die Abkürzung ist.«
»Ich bin Niki. Aber wir sagen es niemandem.«

In dem anderen Raum, dem mit den vielen Bildschirmen, ging es drunter und drüber. Machtnix hockte sich mitsamt dem Hirnling hinter den Kasten, auf dem das altmodische Gerät stand, aus dem die Nachricht in Rattenschwänzisch gekommen war. Es handelte sich um eine Art toter Winkel, den die *Robos* gerade nicht im Blick hatten. »Die sind sich wirklich alle ganz gleich«, flüsterte Machtnix.
Der Hirnling schniefte. »Glaubst du, es gibt viele, die so sind wie ich?«
Machtnix fuhr ihm zögernd, aber es war doch schon ein Streicheln, über den kahlen Schädel und wisperte begütigend in sein Ohr: »Nein, sicher nicht. Du bist ganz und gar einmalig.«
Auf einem der höchsten Bildschirme hockte das blinde Huhn und stieß in verschiedenen Abständen Laute aus, die offenbar die Wahrnehmungsfrequenzen der *Robos* störten, denn wann immer das Huhn so einen Viertelgackerer losließ, hoben alle den Kopf, bemerkten aber das Huhn nicht. Offenbar brauchten sie Blickkontakt, und da bot das blinde Huhn nun wirklich keinen Angriffspunkt.
Die *Robos* schossen zwar Strahlen aus den Handgelenken, es sah aber so aus, als ob sie das auf gut Glück täten, jedenfalls schien außer Klein-Gottfried niemand getroffen zu werden, und Klein-Gottfried, der vor dem Eingang, durch den sie aus dem Treppenhaus gekommen waren, hin und her hopste, zeigte noch keinerlei Wirkung. Auch die zweifaltige Kröte hatte sich an die Sache mit der nicht zu beantwortenden Frage erinnert und bequakte nun die Menschenmaschinen von hinter dem Gehäuse einer *Coma* her mit Fragen aus der Entstehungsgeschichte. »Wißt ihr denn, wie das große Unk möglich wurde?« Aber die *Robos* waren mittlerweile in heftige

Kämpfe mit den Heerscharen der Ratten, die alle aus dem Kabelschacht gekommen waren, verwickelt und kriegten die Fragen gar nicht mit.
»Habe ich mir gleich gedacht, daß ihr keine Ahnung habt«, rief die zweifaltige Kröte mit einiger Genugtuung. »Und was meine ureigenen Laichschnüre angeht, die sind ein für alle Male ab.« Und sie fuhr fort, die kompliziertesten Fragen über die Neugier und den Garscht zu stellen. Man konnte ja nicht wissen. Plötzlich war doch eine Leitung frei, und die Kröte war sicher, daß sie genügend Fragen auf Lager hatte, um die drei verbliebenen Menschenmaschinen zur Strecke zu bringen.
Die wirkliche Schlacht spielte sich auf dem Boden ab, wo der Oberratt seine Formationen befehligte. Seine Taktik war, die *Robos* durch ganze Teppiche von Ratten ausheben und zu Fall bringen zu lassen. Er hockte hinter der Lehne eines Drehstuhls und konnte es immer so einrichten, daß er den Schauplatz voll im Blick hatte, ohne selbst gesehen zu werden. Sein Kommando bestand aus sehr hohen Pfeiftönen, und die verschiedenen Rattentrupps wogten vor und zurück, und mit der Zeit gelang es ihnen, sich so unter die Füße eines der *Robos* zu schieben, daß er den Halt verlor und mit Getöse zusammenbrach, sich aber nicht so gut in sich verschränkte, wie der von Machtnix ausgeschaltete. Wohl weil seine Batterie noch nicht ganz leer war, was man an den Funken um seinen Kopf sehen konnte. Etwas an seinen Beinen war gebrochen, und er konnte sich nicht mehr aufrichten. Seinen Armen ging es nicht besser, und sosehr er auch versuchte, weiter mit Strahlen auf verschiedene Ziele zu schießen, nichts ging mehr.
Ein großes Triumphgefiepe erhob sich, das bald von

Gejammer unterbrochen wurde, als sich herausstellte, daß die Maschine einige besonders eifrige Ratten unter sich begraben hatte, was den anderen viel von ihrem Schwung nahm, während die begrabenen eine Weile brauchten, bis sie sich, blessiert, aber noch lebendig, wieder zusammenbeutelten.
War es, weil die Maus in seinen Versorgungsanzug gekrochen war, um seinen ganzen Körper zu massieren und ihn das kitzelte, oder war es, weil ihm die Sache mit den Ratten so gefallen hatte, jedenfalls fing der Hirnling plötzlich zu lachen an, ein Lachen, das sofort bis zu den beiden verbliebenen *Robos* durchdrang. Sie besannen sich im Augenblick ihrer eigentlichen Aufgabe und machten sich auf die Suche. Als Machtnix bemerkte, wie einer der *Robos* auf sie zuhielt, obwohl er sie noch gar nicht im Blickfeld haben konnte, legte sie dem Hirnling die Hand auf den Mund und begann zurückzuweichen, während der *Robo* durch vereinzelte Ratteninseln zielstrebig näherwatete.
»Duck dich!« schrie die Maus, die gerade aus dem Versorgungsanzug lugte und Sicht auf Machtnix' Rückseite hatte. Machtnix duckte sich auch sofort und kroch seitlich weg, worauf die beiden *Robos,* die sich offenbar verständigt hatten, krachend zusammenstießen. Den zweiten, der von hinten gekommen war, hatte Machtnix gar nicht bemerkt, aber zum Glück war die Maus im rechten Moment aufgetaucht.
Machtnix geriet immer mehr in Angst und Schrecken. »Hilfe!« rief sie, »Hilfe! Hilfe!« Und da rafften sich die Ratten zu einem neuen Teppichsturm auf, aber es war, als hätten die *Robos* vom Fall ihres Kollegen gelernt. Sie hatten viel besser darauf acht, wohin sie traten, auch waren die Ratten nicht mehr

so tollkühn wie zuvor. Da schlug Klein-Gottfrieds Stunde. Er hopste der flüchtenden Machtnix in den Weg und beschwor sie, mit dem Hirnling und den Tieren durch den Hinterausgang zu laufen, während er die beiden *Robos* so lange aufhalten würde, bis sie alle im Freien waren. Noch hatten die *Robos* aufs neue genug mit den Ratten zu tun, aber es würde nicht mehr lange dauern, und sie hätten Oberwasser, diesmal wahrscheinlich endgültig. Machtnix deutete der Kröte, auf ihren Kopf zu springen, während sie sich auch noch das Huhn vom Bildschirm angelte und loslief. Und gerade als sie die Klinke gedrückt hatte und die Tür ganz normal aufging, hörte sie den großen Sammelpfiff des Oberratts, und kurz darauf polterten die Garden wie ein Sisalläufer, den jemand auf der höchsten Treppenstufe entrollt, hinterher, bis sie unten alle auf die Straße sprangen.
Da erst dämmerte Machtnix, was Klein-Gottfried möglicherweise vorhatte, und sie rief, so laut sie konnte: »Klein-Gottfried, komm zu uns, schnell! Wir haben es geschafft, und du schaffst es auch noch!« Einen Augenblick blieb es still, dann konnten sie Klein-Gottfried ganz allein oben auf der Treppe stehen sehen. »Lebt wohl«, rief er, »lebt wohl! Ich erfülle nun doch meinen Zweck!«
Hinter ihm tauchten die beiden *Robos* auf und beschossen ihn von zwei Seiten. Und plötzlich stürzte Klein-Gottfried die Treppe herab – ob er selber gesprungen war oder ob die Strahlen ihn hinuntergeschleudert hatten, war nicht auszunehmen –, doch in dem Augenblick, als er aufschlug, explodierte er zu einer riesigen Stichflamme, die die Treppe in Stücke riß und sich sofort ins Holz fraß. Gleich darauf krachte es noch einmal heftig, als nämlich die

beiden Menschenmaschinen im Stürzen ihre Batterien aushauchten und dabei in tausend Stücke zersprangen.
Nachdem Machtnix, der Hirnling und die Tiere sich den herumwirbelnden Staub aus den Augen gewischt hatten, stand bereits die ganze Zentrale in Flammen. Sie wichen zurück, um nicht von den herumfliegenden Trümmern, die von kleineren Folgeexplosionen durch die Luft geschleudert wurden, getroffen zu werden, und Machtnix sagte mit tränenerstickter Stimme: »Ach, Klein-Gottfried, ich werde dich nie vergessen!« Und das wollte etwas heißen, wo sie sich doch so ungern erinnerte.
»Jetzt ist er doch noch verglüht«, meinte die zweifaltige Kröte salbungsvoll. »Geredet hat er ja die ganze Zeit davon, wenn ihr versteht, was ich meine.«
»Und er ist kein Blindgänger mehr, wenn ihr mich fragt«, bemerkte das blinde Huhn, als werfe es ihm ein Schäufelchen Erde nach.
»Ein beherzter Kämpfer und ein guter Stratege, kapiert?!« beschloß der Oberratt die Trauerkundgebung. Und dann rannten sie alle, um sich in Sicherheit zu bringen, denn mittlerweile brannte auch die Remise und alles drumherum.
Zu Machtnix' großer Erleichterung tauchten ein paar Ratten mit dem Kinderwagen auf, in den sie Niki sofort legte, bevor ihr die Arme ganz abfielen.
Er protestierte. »Nicht schon wieder hängen!«
»Du wirst nicht hängen, sondern liegen, und das nur, bis du selber gehen kannst.«
»Ich kann, ich kann«, rief Niki, aber er war nicht einmal imstande, sich aufzurichten. So ungewohnt war seinem Körper jede eigene Bewegung.
»Du wirst wohl noch ein wenig üben müssen«, meinte Machtnix, die aus ganzem Herzen Klein-

Gottfried nachtrauerte, und versprach, ihm demnächst dabei an die Hand zu gehen.
»Weil euereins auch unbedingt auf zwei Beinen und aufrecht gehen muß!« entfuhr es der zweifaltigen Kröte. »Unsereins schlüpft und hüpft von alleine.«

NICHTS WIRD VERGESSEN

Langsam wurde es Tag, heller, wolkenloser Tag, der zeigte, was sich verändert hatte. Als die Menschen aus den Betten krochen, erlebten sie die erste Überraschung: Das Frühstücksfernsehen war ausgefallen. Sie spähten bestürzt aus den Fenstern und mußten feststellen, daß sämtliche Bildschirme eine Mattscheibe hatten. Diejenigen, die trotzdem wie gewöhnlich zur Arbeit wollten, warteten lange vergebens an den Haltestellen, die U-Bahnen standen still. Still war der beste Ausdruck für das, was war. Es war still, still im Vergleich zu allen sonstigen Morgen. Und die Stille erzeugte Verlegenheit. Die Blicke der Menschen irrten noch immer in Höhe der Bildschirme umher, und es dauerte, bis sie sich schließlich einander verschämt zuwandten. Und was sie da sahen, haute sie beinah um, so entwöhnt waren sie dem unmittelbaren Blickwechsel schon.
Mit der Zeit kam dann mehr Schwung in die Sache. Rufe des Wiedererkennens, gefolgt von Gelächter, durchbrachen die Stille, einige Wagemutige fielen einander sogar um den Hals, und so nach und nach entdeckten die Menschen, daß nichts mehr in Betrieb war, was mit elektrischen oder elektronischen

Geräten ausgestattet war. Die meisten Uhren blieben stehen, und kein Auto sprang mehr an.
Einige hatten sogleich Lust, sich darüber zu ärgern, den meisten gelang es erst später. Denn, nachdem die Zentrale gestoppt worden war, gab es erst einmal jenen wundersamen, stillen Morgen, der, auch wenn er keinesfalls so still blieb, als DER STILLE MORGEN in die Geschichte eingehen sollte.
Es geschahen merkwürdige Dinge. Wildfremde Menschen gingen aufeinander zu, faßten sich an den Händen und tanzten miteinander die Straße entlang. Andere sangen und klatschten den Takt dazu, während wieder andere sich Stühle an die Gehsteige stellten, um nichts von der zunehmenden Ausgelassenheit zu versäumen.
In Kürze hatte die Stimmung auch auf die anderen Stadtteile übergegriffen. Man soll sogar Staats- und Stadtkämpfer miteinander tanzen sehen haben, während ehemalige und zukünftige Gefangene mit den Fingern schnippten, um sie anzufeuern.
»Die Stadt, wie sie singt und lacht«, meinte der Oberratt kopfschüttelnd, während sie sich in Richtung Müllgebirge durchschlugen. »Und morgen schon werden sie nichts Eiligeres zu tun haben, als mit allem von vorne anzufangen.«
Sie schauten gerade einem Mann nach, der verzweifelt von Telefonzelle zu Telefonzelle rannte und jedesmal, wenn die Leitung tot blieb, den Hörer abriß, ihn zu Boden schleuderte und darauf herumtrampelte.
»Wie die Entstehungsgeschichte lehrt ...«, aber weiter wollte nicht einmal die zweifaltige Kröte sich verlauten lassen.
Sie kamen gerade an der Hinterseite eines städtischen Krankenhauses vorbei, aus dem Geräusche

klangen, die sich wie Heulen und Zähneklappern anhörten, und hinter den Fenstern der oberen Stockwerke waren bleiche Gestalten zu sehen, die mit Krücken und Prothesen gegen die Scheiben schlugen. Offenbar hatte man sie im Freudentaumel des STILLEN MORGENS ganz und gar vergessen.

»Bei allem Respekt, o du zweifaltige Kröte«, nahm der Oberratt den ihm nur zu bekannten Satz von dem, was die Entstehungsgeschichte lehrt, noch einmal auf. »Ich fürchte, man kann sich nicht einmal darauf verlassen. Den Menschen« – und er warf einen letzten Blick zu einem der wenigen offenen Fenster des Krankenhauses, in dem jemand ein weißes Tuch schwenkte, hinauf –, »den Menschen ist alles zuzutrauen, selbst daß sie sich an keinerlei Lehren aus der Entstehungsgeschichte halten, kapiert?!«

Und wieder tat der Kinderwagen gute Dienste, denn Machtnix hätte es keinesfalls fertiggebracht, den Hirnling Niki den ganzen Weg bis zum Müllgebirge zu tragen. Diesmal brauchten sie keine Angst zu haben, überfahren zu werden, sie mußten nur darauf achten, daß die Tanzenden sie nicht umtanzten, wobei sie ohnehin weniger betanzte Nebengassen vorzogen, die nur zwischen den einzelnen Häuserblocks Sicht auf die Freudenkundgebungen ließen.

Es hätte sich nicht um Menschen gehandelt, wäre nicht auch schon aus der momentanen Wiederentdeckung der Menschlichkeit die Frage nach dem Vorteil gekrochen.

»Am Anfang war die Gier«, flüsterte die Maus, als sie Zeugen der ersten Plünderungen wurden, die im Schatten der überhandnehmenden Jubelstimmung von den Hintereingängen her ihren Anfang nahmen. Es dauerte nicht lange, und sie begegneten einer ihnen mittlerweile nur allzu bekannten

Gestalt, nämlich dem Burschen, den Machtnix noch aus dem Lager kannte, und sie mußten mit ansehen, wie er und andere von einem wahrscheinlich selbsternannten Anführer dazu angehalten wurden, in ein Haus einzubrechen. Als sie dann beladen mit Teppichen, Bildern, Pelzen und anderen Dingen wieder herauskamen, mußten sie alles auf einen Lastwagen laden, der aber dann, wie alle anderen Wagen auch, nicht ansprang. Aber anstatt aufzugeben, schickte der Anführer seine Bande ins nächste Haus.

»Ich werde das Transportproblem lösen«, rief er, und sein begehrlicher Blick fiel sogleich auf den Kinderwagen.

»Nicht schon wieder!« Machtnix umklammerte den Griff des Kinderwagens, aber der Oberratthatte hatte bereits eine Antwort. Er stieß eine Reihe von Pfiffen aus, und da quollen aus allen Kellerlöchern Ratten hervor, Ratten, Ratten und nochmals Ratten, bis dem Anführer schwindelte und er vor Grausen Fersengeld gab.

Machtnix war heilfroh, als sie, beim Müllgebirge angekommen, mit Niki, der Kröte, dem Huhn und der Maus in das ausrangierte Fahrerhäuschen eines Sattelschleppers steigen konnte, um sich ein wenig auszuruhen, wie der Oberratt, der eine Menge zu erledigen hatte, vorschlug. Auch war die Sicht von da oben gut. Vor allem Niki kicherte andauernd, wohl vor Begeisterung darüber, daß alles wirklich war. Er saß auf Machtnix' Schoß, und seine schlaffen Beinchen zuckten, als wollten sie mittanzen, während Machtnix ihm zaghaft über den kahlen Schädel strich, auf dem bereits ein leichter Flaum zu spüren war, seit die Haftschalen der Elektroden nicht mehr alles abdeckten.

»Wie heißt du eigentlich?« fragte die zweifaltige Kröte, die es langsam leid war, zuzusehen, wie die durstigen Tänzer und Tänzerinnen von Limonadehändlern bedient wurden, die – die Gunst der Stunde erkennend – fortwährend Kisten voller Flaschen heranschleppten und dabei das Geschäft ihres Lebens machten. Denn, die Zentrale war zwar gestoppt worden, das Geld aber war deswegen nicht abgekommen.

Der Hirnling antwortete nicht, so sehr interessierte ihn die neue Wirklichkeit.

»Niki«, sagte Machtnix und stupste ihn, der noch immer sehr empfindlich auf gezielte Berührungen reagierte. Ohne den Blick zu wenden oder gar auf die Frage der Kröte zu antworten, hob er die Arme und rief: »Eins, zwei, drei, Nährstofflösung einhängen!« Die Tiere schauten Machtnix an, und Machtnix zuckte erst einmal die Achseln. »Bist du hungrig?«

»Hungrig?« jetzt wandte Niki sich für einen Augenblick von den Tanzenden ab. »Wenn so das Loch in meinem Bauch heißt, bin ich sehr hungrig.«

»Wenn du hungrig bist, dann iß«, sagte die zweifaltige Kröte vorschnell.

»Und was?« wollte Machtnix gerade fragen, als zum Glück das blinde Huhn wieder einmal mit seinem Riesenspektakel anfing. Machtnix dachte gar nicht daran, ihm den Schnabel zuzubinden. An wen hätte es sie jetzt auch noch verraten können, bei all der Musik und dem Lärm, den die Menschen in den Straßen machten.

Sowie das Ei gelegt war, hielt Machtnix es Niki hin und forderte ihn auf, es auszuschlürfen.

»Ich?« fragte er verblüfft. »Ich habe noch nie geschlürft. Ich kenne schlürfen nur aus meinem Kopf.« Da begann Machtnix ihm das Ei, das sie mit dem

Eckzahn aufgeschlagen hatte, einzuflößen. Obwohl noch einiges danebenging und der kleine Versorgungsanzug ein paar Flecken abbekam, klappte es, und der Hirnling, besser gesagt Niki, verschluckte sich nicht ein einziges Mal, sondern nuckelte gleich von alleine weiter, nur war leider das Ei viel zu bald zu Ende.

Nikis Schlürfen hatte sie alle erst recht hungrig und durstig gemacht, und das einzige, was sie davon abhielt, auszusteigen und sich auf eigene Faust nach etwas Eßbarem umzusehen, war, daß die Menschen sich immer ausgelassener im Kreis drehten und dabei immer öfter aneinanderstießen, und zwar so heftig, daß sie umfielen. Offenbar war in all den vielen Flaschen nicht nur Limonade gewesen, und das ursprünglich fröhliche Singen ging immer mehr in Gegröle und Gekreisch über, während es häufig passierte, daß jemand, der noch tanzte, über jemanden, der bereits auf dem Boden lag, stolperte und ebenfalls fiel.

»Es ist hoffnungslos«, meinte die zweifaltige Kröte mit ausgetrockneter Stimme, die schon wie Papier raschelte, »sie müssen immer übertreiben. Kaum fangen sie an zu feiern, liegen sie schon herum wie die Frösche im Urschlamm.«

In diesem Augenblick kam der Oberratt und lud sie in den unterirdischen rättlichen Versammlungssaal zu einem kleinen Fest.

Sie stiegen durch einen schmalen Treppenschacht in ein ehemaliges Kesselhaus hinab, in dem sich neben dem alten, brüchig gewordenen Heizkessel ein halbkreisförmiger Raum befand, um den viele Rohre führten, auf denen bereits die Ratten saßen, wie in einem antiken Theater.

Machtnix, Niki, die zweifaltige Kröte, das blinde

Huhn, die ohnmächtelnde Maus und der Oberratt mitsamt Leibgarde nahmen auf der Bühne Platz, die einzige Stelle, die für Machtnix und Niki noch als Sitzgelegenheit in Frage kam, während die Ratten auf den Rohren schon mit vollen Backen mampften. Anders war das, was sie mit viel Geräusch und Geraschel vollführten, nicht zu bezeichnen. Man muß ihnen jedoch zugute halten, daß sie auch für ihre Gäste gut gesorgt hatten. Es war zwar nicht alles in einwandfreiem Zustand, vor allem, was die Verpackung betraf. Ratten lieben es nun einmal, Verpackungen aufzureißen, um besser an ihrem Inhalt schnüffeln zu können. Dafür bog aber der Bühnenboden sich nur so vor Leckerbissen, die sie von wer weiß woher zusammengetragen hatten. Für die zweifaltige Kröte gab es sogar extra Schnecken in Natursaft aus der Dose, und Machtnix mußte immer darauf achten, daß sie sich auf nichts setzte.
Doch gerade als alle formlos und mit großem Appetit zugreifen wollten, stellte sich heraus, daß sie die Rechnung ohne die Maus und den Oberratt gemacht, die schon zuvor so lange miteinander heimlich getan und geflüstert hatten.
»Pst, pst!« rief die Maus immer wieder, »wir wollen uns doch die Ansprache unseres geschätzten Gastgebers nicht entgehen lassen.« Und als das nichts half, da die Ratten sich bereits hinlänglich versorgt hatten, ließ sie sich geradewegs von der Bühne herabfallen, in einer kleinen gezielten Ohnmacht, die die gewöhnlichen Ratten, die noch nicht daran gewöhnt waren, immerhin soweit in Erstaunen setzte, daß sie für einen Augenblick innehielten. Genau diesen Augenblick benützte der Oberratt, um lauthals »ahem!« zu sagen und seine wohlbedachten Worte an die Menge zu richten. »Werte Anwesende!«

Der Oberratt machte wieder »ahem!«, dennoch konnte er das Mampfen von seinesgleichen nicht übertönen. Bei manchen Gesellschaften ist es einfach so. Kaum ist das die Gemeinsamkeit erfordernde Werk vollbracht, ist die Disziplin schon wieder beim Teufel, und jeder schlägt sich voll, wann und wie es ihm paßt. So rasch gab aber der Oberratt nicht auf. Schließlich spiegelte er sich in den rußkörnchenfarbenen Augen der Maus, die ihn geradezu anbetete und ihm bei jeder Stockung mit beiden Pfoten zuwinkte, er möge doch bitte, bitte fortfahren.

»Werte Anwesende«, rief der Oberratt, so laut er konnte, «laßt uns ein Fest feiern, wo doch unser Abenteuer so glimpflich verlaufen ist und wir außer ein paar Verletzten auf unserer Seite nur einen einzigen Abgang zu beklagen haben. Ahem! Von Tod in unserem Sinn kann bei Klein-Gottfried ja wohl nicht gesprochen werden. Ich hatte nie gedacht, daß er uns einmal fehlen würde.«

Die Ratten auf den unteren Rängen trampelten »bravo!« rufend mit den Hinterpfoten.

Der Oberratt tat, als hätte der Applaus auch ihm gegolten. »Klein-Gottfried ist unseren Verfolgern in den Weg getreten, indem er sich selbst in die Luft jagte. So hat er seinen Zweck doch noch erfüllt. Ich möchte, daß wir Klein-Gottfried zu Ehren eine kurze Gedenkminute abhalten.«

Er reckte sich, so gut es gehen mochte, empor, und auch das Huhn und die Maus nahmen Haltung an. Machtnix schluchzte leise, und die zweifaltige Kröte nickte ergriffen.

Die gewöhnlichen Ratten aber dachten gar nicht daran, eine Minute stillzusitzen, und antworteten einfach wieder mit Applaus, worauf der Oberratt mit einer geschickten, kleinen Verzögerung den nächsten Satz begann, so als hätte die Gedenkminute längst stattgefunden.

»Ich glaube, der Zeitpunkt ist gekommen, unserem Stolz über das Gelingen Ausdruck zu verleihen.«

Die Ratten fiepten und trampelten begeistert, und die, die sich dabei verschluckten, husteten.

»Unserem Stolz Ausdruck zu verleihen und unseren Freunden, die dem Aufruf gefolgt sind« – »STOPPT DIE ZENTRALE!« rief das blinde Huhn ziemlich unvermittelt – »diesem unserem Aufruf gefolgt sind, unseren Dank abzustatten. Sie haben alle auf ihre Weise zum Gelingen beigetragen, vor allem Machtnix, die mit ihren Fingern die Sonden vom Kopf des Hirnlings zupfte, während wir uns bereits einen Teil der Kabelmasse reingezogen hatten, kapiert?!«

In diesem Augenblick begann ein dumpfes Grollen aus der Tiefe emporzusteigen, und die Ratten hielten tatsächlich inne, schluckten, was sie im Maul hatten, und spitzten die Ohren, anstatt weiterzumampfen.

Das Grollen kam immer höher herauf und klang immer bedrohlicher. Es war klar, daß es sich demnächst irgendwo Luft machen würde. Auch schwankte die Bühne bereits mitsamt dem Buffet, und sowohl Niki, der ohnehin auf Machtnix' Schoß saß, als auch das blinde Huhn und die zweifaltige Kröte drückten sich eng an Machtnix, die selber auch schon schwankte. Nur die Maus hatte diesmal beim Oberratt Zuflucht gesucht und war prompt in Ohnmacht gefallen, als er sie schützend zur Seite nahm. Ob sie beim Erwachen wieder eine ihrer berüchtigten Fragen stellen würde? Etwa in der Art von »wie bin ich?« und wenn man sie fragte »wie möchtest du denn sein?« würde sie dann womöglich »bräutlich!« antworten?

Gerade als das ganze Gelage so recht zitterte und bebte und alle mit Furcht der Dinge harrten, die da kommen mußten, öffnete sich die Tür des Kessels, das heißt sie platzte geradezu auf, und etwas Geröll polterte aus dem Loch.
»Schluß mit dem Weihrauch!« ließ sich eine Stimme vernehmen, »der vernebelt mir ja noch die Sicht auf euch kleine Schlaumeier. Wie ich höre, habt ihr denen da oben, den Oberdingern, ganz schön eingeheizt. Gut getan! Aber werdet mir bloß nicht übermütig ...« Aus dem Loch wuchs nach und nach der puddingformförmige Kopf der Erde hervor. Dabei rollte sie mit dem einen Auge, um alles schneller in den Blick zu bekommen.
Niki war starr vor Schreck und flüsterte Machtnix ins Ohr. »Unidentifiziertes, innerirdisches Objekt, bitte mit Suchstrahl abtasten!« Machtnix verstand nicht so recht, was er wollte, und die zweifaltige Kröte zischte: »Halt den Mund, wenn die Erde spricht, und laß es ja nicht an Respekt fehlen!«
Neugierig, wie die Erde doch noch gelegentlich war, hatte sie Niki auch schon erspäht. »Wieder jemand, den ich nicht kenne. Und was bedeuten die Flecken auf seinem Kopf?«
Alle blickten den ehemaligen Hirnling an.
»Wenn du mich fragst«, antwortete das blinde Huhn ehrerbietig, »war er es.«
»Was?«
»Wenn ich es recht verstanden habe« – die zweifaltige Kröte kratzte ihre ganze Weisheit zusammen –, »war er die Zentrale, glaub es oder glaub es nicht.«
»Dieser Winzling? Das kannst du dem dicken Unk erzählen, *Bufo-ma-bufo.*« Die Erde schüttelte ein wenig den Kopf, und die Ratten von den oberen Rängen purzelten allesamt herab.

»Ahem! Es handelt sich um einen sogenannten Hirnling, in dessen Kopf alle Fäden zusammenlaufen beziehungsweise -liefen. Sein Kopf wurde als Schaltstelle benutzt, an die die Dinger angeschlossen waren.«

Die Erde konnte es noch immer nicht recht glauben, gab sich dann aber doch damit zufrieden. »Hauptsache, es gibt eine Verschnaufpause. Da fällt mir etwas ein ...« Sie begann herzlich, ja geradezu verschmitzt zu lachen, und während ihre Zunge sich stoßweise auf und ab bewegte, erschien ein kleiner weißer Gegenstand auf ihr, den die Zunge, kaum war er auf ihrer Spitze gelandet, vor die Füße des blinden Huhns schnalzte, das der Stimme der Erde mit wachsender Unruhe und mit wackelndem Kopf gelauscht hatte. Der Gegenstand zerbrach, als er vor dem blinden Huhn aufschlug, und zerfiel in viele kleine Schalensplitter, während sich ein Küken streckte und schüttelte, um seinen Flaum zu trocknen. Gleich darauf gab es jenen markdurchdringenden kleinen Suchschrei von sich, der, in eine allen Wesen verständliche Sprache übersetzt, ungefähr so lautet: »Wobistu? Ichbinda, wobistu?«

Und das blinde Huhn, das mit größtem Entzücken gelauscht hatte, antwortete auf ähnliche Weise. »Dabinich, wobistu? Dabinich, wobistu?« Da das Küken sehen konnte, stürzte es auf das blinde Huhn, das das erste Wesen war, das es erblickt hatte, zu und kroch sofort unter seine Flügel.

»Na, hab ich es nicht gesagt, daß ich schon mit ganz anderen Tricks gearbeitet habe?« Die Erde lachte, bis ihr Kinn zitterte. »Danke«, das blinde Huhn ging in die Knie. Mehr war in nächster Zeit nicht über die beiden, nämlich das Huhn und sein Küken, zu berichten, da sie nur mehr füreinander da zu sein

schienen und alle anderen mit ihrem ewigen »Wobistu?« entsprechend nervten.
»Nun, meine Lieben« – die Erde begann ihren Kopf zurückzuziehen –, »ihr seid, wie ich sehe, davongekommen. Macht etwas daraus! Und gebt acht, daß die Dinger nicht gleich wieder so hochkommen!« Damit verschwand sie, und nur noch ein paar Kiesel bröckelten aus dem Loch im Kessel, das sich nach und nach wieder schloß. Der Oberratt hätte es natürlich gerne gesehen, wenn die Erde ihrer aller Verdienste gewürdigt hätte, so wie er es gerade getan hatte, aber die Erde hatte sich nicht darauf eingelassen. Und wenn die Erde nicht will, hilft da gar nichts.
Auch war der Oberratt mittlerweile selber so hungrig geworden, daß er der Maus ein Zeichen gab. Die Maus stellte sich auf die Hinterpfoten, nickte großzügig und fiepte, als sei sie der Erlöser persönlich: »Das Buffet ist eröffnet.«
Da aßen und tranken sie nun alle, solange der Vorrat reichte. Und als sie vom Essen, Trinken und Erzählen so müde geworden waren, daß sie sich weder rühren noch »papp!« sagen konnten, schliefen sie auf der Stelle ein und schliefen tagelang, bis sie ganz und gar ausgeschlafen waren.
Und als sie wieder erwacht waren und sich genügend gereckt und gestreckt, ihre Haare und Federn, ihr Fell und ihre Hautfalten in Ordnung gebracht hatten, ergab sich jene unangenehme Frage wie von selbst, nämlich: »Was nun?«

Es war ungewiß, ob und wie lange die Zentrale gestoppt bleiben würde, und wie die ersten Kundschafter des Oberratt berichteten, war »da oben« insgesamt das Chaos ausgebrochen.
Die Tiere selber hatten nicht viel Wahl, und wenn sie eine hatten, machten sie nur in geringem Maße Gebrauch davon. Die Maus zum Beispiel hatte sich ernsthaft überlegt, noch eine Weile bei den Ratten zu bleiben, wobei ziemlich durchsichtig war, wen sie mit »den Ratten« meinte.
Das blinde Huhn und sein Küken träumten von der Gründung eines Hühnerhofs irgendwo außerhalb der Stadt, am besten dort, wo das besoffene Schwein möglicherweise noch lebte. Die Gegend schien recht angenehm, wenn nicht gerade Bomben fielen.
Auch die zweifaltige Kröte spürte ein merkwürdiges Ziehen in ihren Laichschnüren, und es war klar, daß sie demnächst ins Wasser mußte.
Nur Machtnix und Niki schienen, was die Zukunft anlangte, unendlich schwer von Begriff zu sein. Der Oberratt, dem sich die ganze Verabschiederei aufs Gemüt schlug, trat schon die längste Zeit von einer Pfote auf die andere, bis er sich ermannte. »Und ihr? Was werdet ihr tun?«
Machtnix machte große Augen. »Wieso sollen wir etwas tun, jetzt, wo die Zentrale gestoppt ist?«
Der Oberratt seufzte, und das blinde Huhn, das trotz des ewigen »Wobistu?« seinen Hausverstand nicht ganz verloren hatte, antwortete. »Jeder muß etwas tun, um am Leben zu bleiben.«
Machtnix verstand zwar noch immer nicht, aber sie

begann zu spüren, worauf es hinauslaufen sollte, und ihre Kehle zog sich zusammen. »Aber wir können doch alle mitsammen wie bisher ...«

»Können wir nicht, kapiert?!« sagte der Oberratt, und die Maus fügte in beinah vorwurfsvollem Ton hinzu: »Ihr seid gewachsen.«

Machtnix schaute an sich hinunter und bemerkte, daß ihr Rock ihr weit über die Knie gerutscht war. Und auch Niki, dem sie zum Essen den kleinen Versorgungsanzug ausgezogen hatte, würde kaum mehr in ihn hineinpassen.

»Und ihr werdet weiterwachsen«, erklärte die zweifaltige Kröte aus dem Schatz ihrer dreihundert Millionen Jahre Erfahrung heraus. Machtnix' Augen schwammen in zukünftigen Wassern. »Wir müssen also weg?«

»Wig-weg«, sagte die zweifaltige Kröte, »darum geht es doch gar nicht. Ihr müßt unter euresgleichen. Unter gleich Große. Es ist nicht zuletzt eine Versorgungsfrage.«

»Ich will aber nicht zurück ins Lager.« Machtnix versuchte mit ihrem Turnschuh ein Loch in den Boden zu bohren, aber der Turnschuh gab nach und verlor endgültig seine Sohle.

Der Oberratt hob den Kopf. »Wir haben die Zentrale gestoppt. Wahrscheinlich gibt es gar keinen Krieg mehr, kapiert?!« Das Huhn aber fügte hinzu: »Und ohne Krieg gibt es auch keine Lager.«

Das klang einleuchtend, aber niemand schien wirklich daran zu glauben.

»Von Zeit zu Zeit löst der große Garscht sich auf«, kramte die zweifaltige Kröte in der Entstehungsgeschichte. »Auf jeden Fall begleite ich euch noch bis zum nächsten Tümpel.«

Jetzt gingen sogar Machtnix die Augen auf. Und als

sie alle mitsammen nach oben stiegen, hatte sie tatsächlich Mühe, sich durch den halb verfallenen Treppenschacht nach oben zu schieben, ohne steckenzubleiben.

Als sie schließlich an den Hängen des Müllgebirges angelangt waren, stand wieder der Kinderwagen bereit, samt dem kleinen Schlafsack, in den sie den nackten Niki steckte, der noch immer nicht von alleine gehen konnte. So etwas lernt sich eben nicht im Schlaf.

Der Lärm der oberen Welt traf sie wie ein Stein an der Schläfe, auch wenn es hauptsächlich Fahrräder und Fußgänger waren, die an ihnen vorbeihasteten, mit und ohne Leiterwagen, aber alle mit Geschrei und Geklingel.

Der Oberratt pfiff, und schon kamen seine Garden angekeucht. Sie mühten sich furchtbar mit Machtnix' Tornister ab, in den sie die letzten Reste vom Fest gestopft hatten. Und oben drauf lagen die beiden Zigarettenpackungen mit den Streichhölzern, auch wenn die Ratten sich längst durch die Zellophanhülle gefressen hatten. »Entschuldige«, meinte der Oberratt, »aber sie können es einfach nicht lassen, in alles ihre Nasen zu stecken.«

»Macht nix«, sagte Machtnix, und die zweifaltige Kröte hüpfte von ihrem Kopf in den Kinderwagen, um sich bei Niki im Schlafsack zu verstecken, was diesem nicht sehr zu gefallen schien, er verzog das Gesicht entsprechend.

»Ahem!« machte der Oberratt, dem das alles schon zu lange dauerte. Die Kürze lag nun einmal, was Gefühlssachen anging, in seiner Natur. »Ahem!« machte er also noch einmal, und dann brachte er es doch heraus: »Und wohin werdet ihr nun gehen?«

Niki hob den Kopf und krähte: »In die Welt hinaus.

Die wirkliche Welt ist viel größer, als ich gedacht habe.«
Das blinde Huhn flatterte, um den Abschiedsschmerz zu zerstäuben, und die Maus schnupfte: »Ihr beide ganz allein?«
»Irgendwer wird uns schon begegnen«, antwortete Machtnix. Und es blieb ganz und gar offen, ob das der Mann im Mond sein würde, ihr vermißter Vater oder sonst jemand, der seine Freude an ihr und dem Hirnling Niki haben mochte.